AF177096

Hans G. Mayer

NichtsDestotrotz

Ein Leben zwischen Sturm und Regenbogen

tredition®
www.tredition.de

Impressum

© 2015 Hans G. Mayer

Verlag: tredition GmbH, Hamburg

ISBN
Paperback: 978-3-7323-6701-6
Hardcover: 978-3-7323-6702-3
e-Book: 978-3-7323-6703-0

Buchtitelgestaltung: Strauss-Grafik, 72537 Mehrstetten
Buchtitelfotografie: Gerhard Mayer, 72537 Mehrstetten
Rechteinhaber: HGM-Verlag, Hanna Mayer,
                     Ulmer Straße 37
                     72537 Mehrstetten

Printed in Germany

Hans G. Mayer

Romanartige Erzählung nach einer wahren Geschichte

NichtsDEstoTrotz

Ein Leben zwischen Sturm und Regenbogen

Vita

Hans G. Mayer wurde 1950 in Mehrstetten auf der Schwäbischen Alb geboren. Weil seine Eltern ihn unter sechs Geschwistern zum Hofnachfolger erwählten, verweigerten sie ihm den Besuch einer höheren Bildungseinrichtung. Ein verhängnisvoller Unfall verhinderte dann den von seinen Eltern vorgezeichneten beruflichen Weg.

Von Jugend an galt seine Leidenschaft dem Schreiben. Im Jahre 2001 brachte er ein heimatgeschichtliches Buch heraus, das sich als lokaler Bestseller entpuppte. Überaus erfolgreich war er mit seinem zweiten Werk, „Mehr als landschaftliche Reize" das sich mit der schwäbischen Mundart befasst. Für dieses volkstümlich gehaltene Sprachwerk das auch im SWR vorgestellt wurde, ist 2015 eine weitere Auflage geplant.

Obwohl er seit 30 Jahren an der parkinsonschen Krankheit leidet, hat er nach wie vor große Freude am Schreiben.

Mayer ist seit 40 Jahren verheiratet, hat drei erwachsene Kinder und lebt mit seiner Frau in Mehrstetten auf der Schwäbischen Alb.

Inhalt:

Vorwort

Leider – oder vielleicht gottseidank – verläuft unser Leben nicht immer nach unseren Wünschen oder Erwartungen. Doch wir müssen unerwartete, negative Ereignisse als Herausforderungen betrachten.

Die in dieser Erzählung geschilderten Ereignisse beruhen auf einer wahren Geschichte. Die meisten der Namen der genannten Personen des Geschehens wurden anonymisiert. Bei dem Dorf Scheulenfeld und der Stadt Sirgenstein handelt es sich um fiktive Ortschaften. Etwaige Übereinstimmungen wären rein zufällig. Die Dialoge und Äußerungen Dritter sind teilweise zitiert, teilweise ihrem Inhalt nach wiedergegeben.

1 Eine richtungsweisende Entscheidung

Einundzwanzigster Mai 1959:

Er ahnte nicht, dass dieser Tag, was seine Zukunft betraf, einen gewaltigen Einschnitt in seinem Leben bringen würde.

Es nieselte. Leichter, warmer Maienregen begleitete Franz Schöpfel an seinem neunten Geburtstag, als er sich auf dem Nachhauseweg von der Volksschule in Scheulenfeld befand.

Franz freute sich schon aufs Mittagessen. Sicherlich hatte seine Mutter sein Lieblingsgericht, Fleischküchle mit Schwäbischem Kartoffelsalat und Spätzle mit Soße zubereitet. Immer wenn eines der vier Kinder der Familie Schöpfel Geburtstag feierte, erfüllte die Mutter dem Kind den Wunsch nach seiner Leibspeise und bereitete ihm sein Lieblingsessen. Deshalb war er frohgestimmt unterwegs. Sein Weg führte ihn von der Frauenstraße den schmalen Pfad zwischen hohen Lattenzäunen hindurch in die Fuchsgasse, in dem sich sein Elternhaus befand.

Die Vorfreude auf sein Lieblingsessen war schon der zweite erquickliche Anlass an diesem Tag, denn in der Schule war es für ihn wieder wünschenswert gut gelaufen. Der aufgeweckte Kerl mit seinen Sommersprossen im Gesicht und seinen etwas rötlichen Haaren war, wenn nicht der Beste unter den 32 Buben und Mädchen seiner Klasse, so doch einer der Begabtesten seines Schuljahrgangs. Lediglich noch zwei oder drei Mädchen und ein weiterer Junge konnten ihm das Wasser reichen, was die Zeugnisnoten anbelangte. Heute war er wieder bei denjenigen dabei, welche in der Klassenarbeit im Diktat fehlerlos geblieben waren.

Der Weg nach Hause führte ihn an alten Bauernhäusern vorbei. Die Schule, welche sich bisher beengt in der Ortsmitte befunden hatte, war durch einen Neubau am Ortsrand ersetzt worden. Die Wohnhäuser, Ställe und Scheunen der Bauern aber befanden sich in teilweise schlechtem Zustand. Der Ort aber, der auf der dünnbesiedelten Hochfläche der Schwäbischen Alb noch zu den volkreichsten in der strukturschwachen Region gehörte, war vergleichsweise groß.

Scheulenfeld war mit einem Gürtel aus Streuobstwiesen mit hohen Apfel-, Birnen-, Pflaumen- und Zwetschgenbäumen umzogen. In den Gärten standen vielfach kleine Schuppen und Bretterhütten, die dem Nachwuchs, der reichlich vorhanden war, zahlreiche geheimnisvolle, verwunschene Plätzchen zum Spielen boten. Die meisten Familien hatten drei oder noch mehr Kinder.

Franz Schöpfel stieg, nachdem er den Flur des Hauses seiner Eltern betreten hatte, schon der Duft seiner Leibspeise in die Nase. Im Hausflur hatten sich die angenehmen Essensdüfte noch mit dem penetranten Geruch des nur durch eine Stalltür getrennten angrenzenden Kuhstalles vermischt, aber als er die Küche betrat, entfalteten sich nur noch die Essensdüfte.

Die Geschwister von Franz, der um drei Jahre ältere Karlheinz und Roswitha, die fast auf den Tag ein Jahr vor ihm geboren wurde, saßen bereits auf ihren Plätzen auf der Eckbank. Sein dreijährige Bruder, Gerald, strahlte Franz an, „Du hast heute Geburtstag, es gibt dein Lieblingsessen", brachte er freudestrahlend hervor.

Da war auch noch die „Stübles-Ahne", die Mutter seines Vaters, die bereits das achtzigste Lebensjahr überschritten hatte und in ihrem Stübchen im ersten Stock des

12

elterlichen Hauses wohnte, aber das Mittagessen zusammen mit den übrigen Hausbewohnern einnahm. Sie schien gedanklich abwesend zu sein.

Während Mutter Schöpfel noch am Herd hantierte, deckte Vater Hermann schon einmal den Tisch. Normalerweise ging es im Hause Schöpfel immer sehr lebhaft zu. Die Kinder berichteten von ihren Erlebnissen in der Schule und die Eltern erörterten die allgemeinen Dinge des täglichen Geschehens. Vater Hermann war heute ungewöhnlich ruhig und wortkarg, es schien als ob ihn etwas bedrücke. „Franz", stieß er dann fast lautlos hervor, „nachher kommt dein Großvater; wir müssen etwas besprechen".

Franz sah ihn an. „Wieso?"

„Lass dich halt überraschen. Ich denke, du wirst dich freuen", mischte sich die Mutter ein.

Jetzt aber war Franz gespannt, was wohl Besonderes auf ihn wartete. Die großen Geschwister von Franz, Karl-heinz und Roswitha schienen in die Angelegenheit eingeweiht zu sein, denn wie aus einem Mund tönten sie, „du wirst schon sehen". Familienvater Hermann machte den Eindruck, als sei ihm bei der bevorstehenden Angelegenheit unwohl. Er runzelte die Stirn und wirkte mit seinen strahlend blauen Augen, im Gegensatz zu sonst, auf Franz irgendwie bedrückt.

Nun aber wollte das Geburtstagskind wissen, was da vor sich ging. „Sagt doch endlich was los ist, habt ihr ein besonderes Geburtstagsgeschenk oder wieso seid ihr so komisch?"

Die beiden älteren Geschwister kniffen die Augen zusammen und grinsten geheimnisvoll, während sich der Vater räusperte.

13

Dann hörten die um den Tisch versammelten Familienmitglieder, wie die Haustür geöffnet wurde. Schnellen Schrittes kam da jemand Richtung Küche und klopfte einen Augenblick später herzhaft an die Küchentür. Das konnte nur der überaus rüstige und energische Großvater, der Vater von Mutter Schöpfel sein.

Tatsächlich: der Großvater. „Grüß Gott miteinander" begrüßte er die um den Küchentisch Sitzenden. „Da ist ja die ganze Familie versammelt", sagte er forsch, während der neunjährige Franz ebenso erwartungsvoll wie auch gespannt zum Großvater aufblickte.

Der Alte, der wie immer, wenn er im Dorf zu Fuß unterwegs war, seine blaue Bauernschürze umgebunden hatte, kam vorsichtig zur Sache. „Franz", stieß er zunächst noch zögerlich heraus. Seine Unsicherheit war ihm förmlich anzusehen. Seine Stimme klang gepresst, so als würde er gerade einen steilen Berg besteigen.

Der Vater, erhob sich von seinem Stuhl, drehte sich von den fragend zum Großvater Aufblickenden weg und schaute in Gedanken versunken zum Fenster hinaus. Er schien besorgt zu sein. „Franz", wiederholte der Großvater, „ich könnte einen tüchtigen Buben wie dich gut gebrauchen. Willst du nicht zu mir und Großmutter ziehen und bei uns wohnen. Du würdest dann, wie es früher bei Knechten und Mägden üblich war, immer zu Martini einen guten Lohn ausbezahlt bekommen." Damit hatte Franz nicht gerechnet. Ihm stockte der Atem.

Franz wusste zwar nicht, wie hart sich früher Knechte und Mägde auf den Bauernhöfen auf der rauen Alb ihren Lohn verdienen mussten, die in Aussicht gestellte Entlohnung aber war ihm willkommen. Er dachte daran, dass er seit jeher die Kleidung und Schuhe seiner älteren Geschwister abtragen musste und stellte sich vor, sich künftig auch eigene Spielsachen leisten zu können.

Bei seinen Eltern saß das Geld alles andere als locker. Die drei großen Kinder mussten sich jeden Sonntag als Taschengeld, das es jeden Sonntag als Sonntagsgeld gab, im Sommer mit 50, im Winter mit 30 Pfennig auskommen. Dafür durften sie dann im Gemischtwaren-Laden von Konditor Schmauder, der jeden Sonntag für eine Stunde geöffnet hatte, Süßigkeiten kaufen.

Franz ahnte nicht, dass er buchstäblich als Knecht bei den Großeltern angeheuert werden würde.

Scheulenfeld, ein ansehnlicher Ort mit knapp tausend Einwohnern, war Franz Schöpfel ans Herz gewachsen. Hier war die Welt in Ordnung.

Das Dorf war in allen Richtungen, trotz der rauen Lage, umgrenzt von fruchtbaren Feldern und Wiesen. Die Äcker waren immer wieder von Steinriegeln durchzogen, die mit Hecken bewachsen waren.

Die Gemarkungsgrenzen säumten vorwiegend hochgewachsene Buchenwälder, umgrenzt von drei Trockentälern mit Wacholderheiden.

Geteert war nur die Hauptstraße, welche mitten durch den Ort führte.

Die Nebenstraßen waren Kalkwege. Bei Regenwetter musste man durch zentimeterhohen Straßendreck gehen. Schwalben gab es im Dorf unzählige, sie fanden genügend Baumaterial. In einer Trockenperiode entstanden regelrechte Staubwolken, wenn man die Wege mit einem Fahrzeug befuhr.

Sämtliche Straßen des Dorfes waren eng bebaut, vorwiegend mit Bauernhäusern.

Zwar gab es einige Handwerker wie Küfer, Schreiner, Zimmererleute, Wagner und ein paar Kleingewerbetreibende sowie vier kleine Lebensmittel- und Kolonialwarenläden, aber außer fünf Gastwirten lebten die meisten von ihren Einkommen als Bauern.

Die Großeltern wohnten auch in Scheulenfeld, am östlichen Ortsende. Sie betrieben selbst noch eine Landwirtschaft, jedoch ohne Milchkühe. Die Großmutter hatte durch einen Unfall mit einem landwirtschaftlichen Gefährt an der rechten Hand eine Verletzung erlitten, durch die es ihr nicht mehr möglich war, die Finger zur Faust zu schließen, sie konnte deshalb mit dieser Hand nicht mehr melken. Melken aber war traditionell Frauensache, weshalb die beiden Alten gezwungen waren, die Milchviehhaltung aufzugeben. Das Jungvieh, das sie nun heranzogen, erstand der Großvater auf meist auswärtigen Höfen im Umkreis von bis zu 20 Kilometern oder auf Viehmärkten feilschend. Der 65-jährige besaß keine landwirtschaftliche Zugmaschine, jedoch ein Pferd.

Zwei der drei Söhne der Großeltern waren im Krieg in Russland vermisst geblieben. So hatten die beiden gehofft, dass ihr ältester Sohn, Gregor, ihre Landwirtschaft und den Hof übernehmen würde. Doch dieser zog es dann vor, vom Wunsch des autoritären Vaters und seiner Mutter mit ihrer selbstherrlichen Art, Hofnachfolger zu werden, Abstand zu nehmen. Auch das bestimmende Naturell seiner Eltern veranlasste ihn dann, in den kleinen landwirtschaftlichen Betrieb seiner Frau einzuheiraten. Johann und Luise Schweizer waren immer der Ansicht gewesen, dass die Schwiegertochter Barbara für ihren Gregor nicht passend sei, weil diese eine verschlossene und sonderliche Eigenheit an sich habe. Außerdem hielten sie den Hof der Schwiegertochter für etwas beengt und auch nicht groß genug.

Franz fühlte sich geschmeichelt, vom Großvater eine fürstliche Entlohnung in Aussicht gestellt zu bekommen.

Sein Vater beeilte sich zu sagen: „Franz, wenn du aber nicht zu den Großeltern ziehen willst, brauchst du auch nicht. Du darfst selbst entscheiden." Die Mutter fiel ihm ins Wort. „Franz überleg mal, wenn du bei den Großeltern wohnst, hast du dein eigenes großes Zimmer, brauchst es nicht mit Karl-Heinz und Roswitha teilen. Und überhaupt, alles was du bekommst, gehört dir allein. Du brauchst niemand anderem etwas davon überlassen. Jeden Abend kannst du heimkommen und den täglichen Liter Frischmilch für die Großeltern abholen, so kannst du auch mit uns weiterhin verkehren."

Seit Jahren, seit der Großvater nur noch Jungvieh mästete, war es so, dass immer eines der drei großen Kinder den Großeltern abends ihre Milch bringen musste.

Sie fuhr fort: „Sonntagnachmittags kannst du auch immer nach Hause kommen, in der Schule triffst du auch täglich deine Geschwister."

Franz war sich nicht so recht im Klaren darüber, was er von Mutters Drängen, dem Großvater gleich zuzusagen, halten sollte.

Franz dachte darüber nach, wie der Großvater, wenn er zu Fuß unterwegs war, stets eilenden Schrittes und mit schwingenden Armen mehr lief als ging. So schneidig gehend kannte jeder im Dorf Johann Schweizer.

Damit, dass der Großvater ihn für tüchtig hielt und ihm manches zutraute, schmierte er Franz Honig um den Bart.

Sein Vater betonte noch einmal: „Franz wenn du lieber dableiben willst, du musst nicht gehen, du darfst selbst bestimmen, was dir lieber ist." Irgendwie lag etwas Wehmut in seinem Tonfall.

17

Erneut schaltete sich die Mutter ein: „Auch im Kleinallmending gibt es Kinder, mit denen du spielen und den Weg zur Schule und wieder nach Hause zusammen gehen kannst." „Kleinallmending" so nannte man in Scheulenfeld den letzten Teil des östlichen Dorfendes, an der Durchfahrtstrasse, dort wo die Großeltern wohnten. Zwischen dem zusammenhängend bebauten Ort und Kleinallmending war auf der einen Seite der Straße eine unbebaute Lücke und auf der anderen befand sich der Dorffriedhof, so dass sich hier ein etwas abgeschiedenes Dorfteil gebildet hatte.

Von ihrer Angst vor ihrem autoritären Vater, Johann Schweizer, die sie zeitlebens gehabt hatte, sagte die Mutter nichts.

Nur die Tatsache, dass Hedwig Schöpfel schwanger wurde, führte zur Heirat mit Hermann Schöpfel. Denn nach dem Willen und den Vorstellungen ihres Vaters hätte sie Matthias Engelhardt, den wohlhabenden Bertelbauern, heiraten sollen. Auch der reiche Jakob Fritsch war ein Heiratskandidat gewesen, den sich ihr Vater für sie auserkoren hatte. Beide jedoch verschmähte sie und interessierte sich nie für sie.

Johann Schweizer war darauf bedacht, dass seine Tochter sich nicht mit dem weniger betuchten Hermann Schöpfel einlassen würde. Er musste mitbekommen haben, dass sich nach dem Krieg zwischen seiner 26-jährigen Tochter und dem um sechs Jahre älteren Hermann Schöpfel etwas anbahnte.

Hermann Schöpfel galt zwar als grundanständiger Mensch, besaß aber nicht so viele Güter und Reichtümer wie sie sich Schweizer von seinem künftigen Schwiegersohn erwartete. Schöpfels Vater betrieb, was in einem Dorf auf der Schwäbischen Alb eine absolute Seltenheit war, eine Gärtnerei und stellte im Winter für andere Gärtnereien zum Abdecken von Pflanzen und Beeten Strohmatten her. Das Rohmaterial, ein besonders kräftiges Haferstroh, importierte er aus Holland. In seinem Produktionsbetrieb fanden zahlreiche Bauern des Dorfes im Winterhalbjahr willkommene Arbeit. In Gewächshäusern zog er Salat und Gemüse heran, um sie in der naheliegenden Garnisonsstadt an den Mann zu bringen. Dann verstarb der Gärtner unerwartet und Hermann Schöpfel mit seinen elf Jahren war natürlich noch zu jung, um den Betrieb zu übernehmen. Die Strohmattenfabrikation wurde aufgegeben. So mühte sich Hermann Schöpfel nach absolvierter Schulzeit mit seiner kleinen Landwirtschaft ab und fand ein Zusatzeinkommen als Molker in der Milchsammelstelle mit Entrahmungsstation im Dorf. Hierzu musste er morgens und abends jeweils etwa zwei Stunden Zeit aufwenden.

Die Molke diente vor allem abends als Treffpunkt für die Jugend des Ortes zur Kommunikation und um Neuigkeiten zu erfahren. Molker Hermann Schöpfel wurde von allen, die Milch anlieferten, sehr geschätzt und respektiert.

Noch immer stellte sich Johann Schweizer einen Sohn von einem der reichen Bauern im Dorf als Schwiegersohn vor, dieses Ziel versuchte er nach wie vor zu verfolgen.

Die Tragödie, die sich kaum zwanzig Jahre früher in Scheulenfeld zutrug, verdrängte der „Schweizerhans", wie man ihn im Dorf nannte, anscheinend ganz.

Damals verliebte sich Lena, eine der drei Töchter des Schimmelbauern, der zu den größten Bauern im Ort gehörte, in den jungen Zimmermann Clemens. Dessen Mutter wurde sehr bald nach seiner Geburt Witwe und brachte sich und ihren Sohn nur mit Mühe durch. Clemens aber war fleißig und tüchtig und schmiedete mit seiner Freundin Zukunftspläne.

Da die reichen Eltern von Lena eine Heirat der Verliebten mit allen Mitteln zu verhindern versuchten, wurden die beiden Liebenden in den Selbstmord getrieben. Im Wald fand man die beiden, die sich mit einer Pistole erschossen hatten. Selbst ihrem im Abschiedsbrief geäußerten Wunsch, man möge sie in einem gemeinsamen Grab beerdigen, waren die stolzen Schimmelbauern nicht nachgekommen.

Hedwig Schweizer war dieses Drama noch gut im Gedächtnis. Sie verfolgte damals, 8-jährig, wie man die toten jungen Leute mit einem Pferdefuhrwerk ins Dorf brachte. Sie erinnerte sich noch lebhaft an den liebenswürdigen jungen Zimmermann Clemens. Er war ihr immer behilflich gewesen, wenn sie, vor allem im Winter, mit dem Schlitten, der mit vollen Milchkannen beladen war, den Anger hinauf zur Molkerei musste.

Johann Schweizer jedenfalls war dieses unglückselige Ereignis offenbar nicht mehr im Gedächtnis. Er versuchte mit aller seiner Macht die Verbindung seiner Tochter mit Hermann Schöpfel zu verhindern.

Hedwig Schweizer scherte mit einigen Freundinnen zusammen schon jahrelang immer vom 1. Mai an bei verschiedenen Schäfern an wechselnden Orten Schafe. Meistens kamen die jungen Frauen erst am *späten* Samstagabend mit ihren Fahrrädern bei Dunkelheit von ihrer anstrengenden Arbeit nach

Hause und mussten montags in der Frühe schon um halb fünf Uhr wieder aufbrechen.

Trotzdem verlangte Johann Schweizer von seinen Kindern, dass sie sonntags in der Frühe und auch am Sonntagabend bei der Stallarbeit mithalfen.

Einmal nutzte die 26-jährige das bisschen Freizeit nach dem gemeinsamen Mittagessen der Schweizers um sich mit Hermann Schöpfel und ihren Freundinnen beim Sommerfest in einem Nachbardorf zu treffen. Dies musste heimlich geschehen, weil Schweizer mit seiner ganzen Autorität die Verbindung seiner Tochter mit Hermann Schöpfel zu verhindern versuchte. Hermann Schöpfel und seine Hedwig genossen die Zweisamkeit länger als geplant, so dass die junge Frau später als mit ihrem autoritären Vater vereinbart, den Rückweg antrat.

Hermann Schöpfel begleitete seine Freundin bis etwa zwei Kilometer vor dem Dorf, ging dann einen anderen Weg, damit ihn der Vater von Hedwig nicht mit ihr sehen würde.

Wie befürchtet, kam Johann Schweizer eilenden Schrittes Hedwig entgegen. Sie wusste von zahlreichen anderen Vorkommnissen, was ihr jetzt blühte. „Wo treibst du dich rum?", war seine erste Frage. Ohne ihre Antwort abzuwarten, schlug er ihr heftig ins Gesicht. „Dein Kerl hat sich wohl versteckt, was?" Sie wusste, dass jedes Wort zu ihrer Rechtfertigung ihn noch erboster und gewalttätiger machen würde. Eigentlich hätte sie jetzt vorgebracht, dass alle ihre Freundinnen, die mit ihr das Sommerfest im Nachbardorf besucht haben, noch dort verweilen und nicht zum Viehfüttern nach Hause müssten. Diese würden sich von der anstrengenden Arbeit die Woche über, im Gegensatz zu ihr, wenigstens am Sonntag, erholen dürfen. Wie besessen schlug Schweizer auf seine Tochter ein. Schweizer scherte sich nicht darum, dass seine Tochter bereits volljährig war und selbst wissen musste, was sie für richtig hielt.

Als Folge der Schläge war die junge Frau tagelang auf einem Ohr taub.

Für Hermann Schöpfel stand nach diesem Ereignis fest, dass er seine Freundin zukünftig nie mehr ohne sie zu begleiten, der Gewalt ihres Vaters ausgesetzt sein lassen würde. Für ihn stand auch außer Zweifel, dass Hedwig so schnell wie möglich aus ihrem Elternhaus und damit dem Zwang und der Herrschaft ihres Vaters herausgeholt werden musste.

So kam die Schwangerschaft von Hedwig gerade recht.

Auch Hermann Schöpfel selbst war nach der Hochzeit stets unwohl zu Mute, wenn sein Schwiegervater Johann Schweizer nur auftauchte. Dann musste er immer befürchten, dass die Arbeit, die er und seine Frau verrichteten, nicht gut genug, nicht schnell genug getan wurde. Ein Gehetze, wie es der Schwiegervater betrieb, ging Hermann Schöpfel gegen den Strich.

Hermann Schöpfel bekam von seinen Schwiegereltern nie das „du" angeboten. Er redete sie, wie es in früheren Zeiten gang und gäbe war, und wie es verlangt wurde, respektvoll zeitlebens mit „Ihr" an.

Hermann und Hedwig aber führten eine glückliche und friedvolle Ehe. Die beiden waren erfüllt von der Tatsache, dass ihre Kinder wohlgeraten waren, sie hatten an ihnen viel Freude.

Der Großvater wandte sich noch einmal an den neunjährigen Franz: „Franz, du darfst bei uns alle Aufgaben, die normalerweise erwachsene Knechte machen, übernehmen. Dazu gehört auch, dass du mit meinem Pferd und dem Fuhrwerk selbstständig fahren darfst. Auch das Reiten werde ich dir beibringen."

Reiten war des Großvaters große Leidenschaft. Im I. Weltkrieg gehörte er einem Dragonerregiment an. Beide seiner jüngeren Söhne absolvierten, bevor sie in den Krieg ziehen mussten, eine Gestütswärterausbildung, der eine im 20 Kilometer von Scheulenfeld entfernten Haupt- und Landgestüt, der andere in einem anderen, 25 Kilometer entfernten, Gestüt. Auch sie zwang er stets, wenn sie am Wochenende von ihrem Ausbildungsort mit dem Fahrrad nach Hause kamen, ihm in seiner Landwirtschaft tatkräftig zur Hand zu gehen. Auch sie bekamen die rigorose Autorität ihres Vaters leibhaftig zu spüren. Dann verhungerten, erfroren oder krepierten sie im Alter von 19 und 20 Jahren in Stalingrad.

Johann Schweizer fuhr, an den kleinen Franz gewandt, fort: "Ich will dir beibringen, wie man mit der Sense umgeht, dir alles zeigen, was dich zu einem guten und tüchtigen Bauern macht. Auch brauche ich einen flotten und sportlichen Jungen wie dich, der mich begleiten kann, wenn ich irgendwo Jungvieh gekauft habe, um dieses anzutreiben, wenn ich mit ihm zu Fuß nach Hause gehe."

Schon mehrere Male in der Vergangenheit engagierte er Franz als Viehtreiber, als er Jungvieh in Nachbarorten erstand und dieses per pedes heimwärts brachte.

"Du wärst der ideale Viehtreiber. Ich weiß, dass du solch weite Wege mitgehen kannst. Weil ich dich für tüchtig und fleißig halte, wäre ich froh, du würdest mir gleich zusagen."

Erneut fühlte sich Franz geschmeichelt. Er wusste nichts von dem ursprünglichen Vorhaben seiner Eltern, den älteren Bruder Karlheinz zu den Großeltern zu geben. Auch war Franz nicht darüber im Bilde, dass seine Mutter mit ihrem fünften Kind im fünften Monat schwanger war. Die beengten Wohnverhältnisse in ihrem kleinen Bauernhaus bewogen sie zu dem Schritt, ein Kind wegzugeben.

Franz wusste auch nichts von der Tatsache, dass der Großvater nicht Karlheinz zu sich und Großmutter nehmen wollte, sondern sich für dessen kleineren Bruder Franz entschieden hatte. Deshalb warb er nun um ihn.

Franz machte bisher nur positive Erfahrungen mit seinen Großeltern. Immer wenn er oder seine Geschwister zu den Großeltern kamen, gab es freundliche Worte und die Großmutter ging in ihre Kammer mit den Worten: „Dann will ich mal sehen, was ich für Euch habe", und regelmäßig kam sie mit einem Stück Schokolade oder anderen Leckereien zurück. Auch gab es immer eine reichliche Belohnung, wenn man den Alten einen Gefallen getan oder sich irgendwie hilfreich Ihnen gegenüber zeigte.

So sagte der kleine Franz spontan zu, das Angebot des Großvaters anzunehmen und ab dem nächsten Monatsersten, wie es früher bei Knechten und Mägden der Fall war, zu den Großeltern zu ziehen.

Hedwig Schöpfel war erleichtert, während ihr Ehemann nicht so recht wusste, ob er sich freuen oder grämen sollte.

2 Plötzlich einsam und allein

Am 1. Juni erfolgte der Umzug von Franz ins Kleinallmending zu den Großeltern. Die wenigen Sachen, die Franz Schöpfel mitnahm, waren schnell zusammen gekramt. Es waren nur ein paar Kleidungsstücke und die Schulsachen. Alles andere wurde von den Großeltern gestellt.

In seinem neuen Zuhause, seiner Kammer im ersten Stock des Bauernhauses der Großeltern, wohnte zuletzt Magdalene Wernauer. Magdalene nahmen Johann und Anna Schweizer im Mai 1944 im Zuge der Kinderlandverschickung bei sich auf. Als Neunjährige kam sie in bombenbedrohter Zeit vom Ruhrgebiet auf die Alb. Eineinhalb Jahre später holte man sie wieder ab. Weil es in Duisburg zu Hause wenig zu essen gab und weil die Schweizers ihr schrieben, sie solle doch wieder kommen, zog sie ein Jahr später erneut und endgültig zu Johann und Luise Schweizer. Hier wuchs sie auf, und Johann Schweizer erzog sie genau so streng, wie seine eigenen Kinder. Sie musste stets in Haus und Hof mithelfen, und für Schularbeiten bekam sie wenig Freiraum, bestenfalls am Sonntag durfte sie sich Zeit nehmen, für die Schule zu lernen.

1958 heiratete Magdalene im Ort einen Einheimischen und zog bei Schweizers aus. Lange meinte Franz, dass Magdalene die Schwester seiner Mutter sei, doch wunderte er sich immer, dass sie seinen Großvater mit Onkel und die Großmutter mit Tante ansprach.

Er erinnerte sich noch, dass er als kleiner Bub mit vielleicht fünf oder sechs Jahren in ihrem ehemaligen Zimmer gespielt und dabei versehentlich ihren Puppenwagen, der noch aus ihrer Kindheit herumstand, beschädigte. Als sie mit ihm ein Hühnchen rupfen wollte, nahm

25

er damals Reißaus. Weil er schon als kleiner Knirps schnell laufen konnte, gelang es ihm, bis in die Dorfmitte zu flüchten, wo ihn dann die damals Zwanzigjährige einholte und wieder zurückschleppte.

Dies rief er sich ins Gedächtnis, als er am Abend in seiner Kammer alleine war. Er kam sich einsam und verlassen vor. Die schlichte und einfache Einrichtung mit einer Kommode, einem Schrank, in dem es nach Mottenkugeln roch, und seinem Bett trug im Übrigen dazu bei, dass ihm erste Zweifel an der Richtigkeit seiner Entscheidung, zu den Großeltern zu ziehen, kamen.

Sein Bett war als Matratze mit einem Strohsack ausgestattet. Franz konnte nicht einschlafen; sein bisheriges Leben zog in Gedanken an ihm vorbei.

Wie er vom Erzählen seiner Eltern wusste, begann sein Leben bereits aufregend für alle Beteiligten: An einem schönen Sonntagmorgen im Mai setzten bei Hedwig Schöpfel die Wehen ein. Da ihr Mann bereits in die Molkerei gegangen war, bat sie einen Nachbarn, die Hebamme zu benachrichtigen. Diese war jedoch bereits auf dem Weg zum drei Kilometer entfernten Bahnhof, weil sie eine Wöchnerin in einem Nachbardorf besuchen wollte. Die Schwangere bat ihren Nachbarn, er möge im Bahnhof anrufen, um Hebamme Assenheimer am Einstieg in den Zug zu hindern. Ein eigenes Telefon besaßen die wenigsten, auch Schöpfels nicht. Doch es war schon zu spät, der Zug war mit der Hebamme abgefahren. Währenddessen wurden die Wehen der Gebärenden immer heftiger. Eine Nachbarin, die bereits etwas älter war und selbst schon fünf Kinder geboren hatte, erschien am Fenster von Hedwigs Schlafzimmer und Hedwig bat die Nachbarin, sie möge doch hereinkommen und ihr in ihrer Not beistehen. Diese fühlte sich jedoch dazu nicht in der Lage. Stattdessen forderte die Nachbarin einen ihrer vier Söhne auf, mit dem Motorrad im Nachbardorf die Hebamme abzuholen. Für die Gebärende wurde das Warten auf die Hebamme zur Qual. Als Frau Assenheimer endlich auftauchte, beruhigte diese Hedwig: „Jetzt werde ich erst die Hände waschen". „Ja, aber ich kann das Kind nicht mehr halten", jammerte die Niederkommende. Kaum hatte die Hebamme die Hände abgetrocknet, stieß Franz schon den ersten Schrei aus.

So flott, wie er sich bei seiner Geburt erwies, entwickelte sich der Bub. Schon drei Wochen vor seinem ersten Geburtstag machte er seine ersten selbstständigen Schritte und lief danach unaufhörlich hin und her, er konnte nicht genug davon bekommen.

Franz erinnerte sich daran, wie oft zehn und manchmal noch mehr Kinder im elterlichen Haus in der Wohnstube miteinander spielten, während der kleine Gerald im gleichen Zimmer seelenruhig schlief. Oft beschäftigten sich die Kinder auch im ehemaligen Fabriksaal mit allerlei Spielereien. Der Fabriksaal war ein Anbau an das Scheunengebäude des Gärtners Carl Schöpfel, des Vaters von Hermann Schöpfel, der seit dem Tod des Gärtners mehr oder weniger leer stand. In ihm wurden früher die Strohmatten gefertigt, und dies war natürlich ein Paradies für die zahlreichen Kinder aus der Fuchsgasse; hier hatten sie sehr viel Platz zum Herumtollen.

Am Nikolaustag kam einmal ein „richtiger" Nikolaus zu Schöpfels ins Haus. Schwer beladen mit einem riesigen Sack klopfte er an die Wohnzimmertür. „Die Rute brauche ich bei euch nicht", sagte der alte Mann, „ihr seid ja so wohlerzogen", lobte der Verkleidete die Schöpfel-Kinder in den höchsten Tönen. Dann schüttete der Nikolaus seinen großen Sack mit allerlei Köstlichkeiten auf dem Boden der Wohnstube aus. Darunter waren Orangen, Datteln, Feigen, Walnüsse, Bananen und andere leckere Sachen, von denen die Kinder Schöpfel sonst nur träumten. Die Eltern erfuhren nie, welcher Wohltäter sich in seiner Nikolausverkleidung verborgen und ihrem Nachwuchs so viel Gutes zukommen ließ.

Im Herbst wurde im Dorf jeden Tag bei einem anderen Bauern gedroschen. Meist benötigte man für das Dreschen bei einem einzelnen Bauern einen ganzen Tag. Die Strohballen wurden ins Freie gesetzt und meterhoch aufgetürmt. Erst wenn alles Getreide gedroschen war, kamen die Kinder zu ihrem Vergnügen. Sie durften auf dem ausgedroschenen Stroh herum klettern und herumtollen und helfen, die Strohballen wieder in die Scheunen zu bringen. Klar, dass bei jedem Bauern immer viele Kinder mithalfen.

Karlheinz, Roswitha und Franz hatten ein gemeinsames Zimmer unter der Dachschräge. Über ihrem Zimmer befand sich die Getreidebühne. Im Herbst und Winter wurde es abends, wenn sie in ihren Betten lagen über ihnen lebhaft. Dann vernahmen sie die Geräusche von Mäusen, die sich an dem Getreide zu schaffen machten.

Karlheinz, der älteste der drei Schöpfel-Kinder, besaß ein neueres Bett mit einem Stahlrohrrahmen am Fußende. Dies diente den drei Kindern vor dem Einschlafen als Turnstange. Einmal, die Mutter hatte schon vorher die Gummibettflasche in Karlheinz` Bett unter die Bettdecke gesteckt, platzte beim Sprung eines der Kinder die Gummiflasche und das ganze Wasser ergoss sich ins Bett. Bettflaschen waren üblich, weil es in dem

Zimmer im Winter eiskalt war. Das Fenster war stets mit Eisblumen bedeckt und unter den Dachplatten zog der Wind herein.

Einmal veranstalteten die Schöpfel-Kinder ein Schattenspiel. Dazu spannten sie ein Leintuch über eines der Betten. Auf den anderen Betten nahmen die dicht gedrängt sitzenden rund fünfzehn Kinder, die sich zu der Veranstaltung eingefunden und die ein paar Pfennige Eintrittsgeld bezahlt hatten, Platz.

Franz erinnerte sich daran, wie man die „Stübles-Ahne", die Großmutter väterlicherseits, hin und wieder zum Narren hielt. Sie hatte an Karlheinz, dem Erstgeborenen der Schöpfel-Kinder, einen Narren gefressen. Manchmal, wenn Sie zu ihrem Fenster, das zur Hofeinfahrt des Nachbarhauses hinausging, hinausschaute und sich dort die Kinder aufhielten, nahm sich Wilhelm, der Küfersohn aus der Nachbarschaft, Karlheinz vor und tat so, als ob er diesem Schläge aufs Hinterteil verabreichen würde. Karlheinz machte das Spielchen mit und tat so, als ob er aufgrund der „Schläge" fürchterlich weinen würde. Die alte Frau regte sich dann immer entsetzlich auf und forderte lautstark, ihren Karlheinz in Ruhe zu lassen. Sie konnte dann nicht verstehen, dass dieser noch mehr „geschlagen" wurde und die anderen Kinder sogar noch daran Freude hatten.

Franz wurde nun plötzlich bewusst, dass er diese gemeinsamen Spiele, Erlebnisse und fröhliches Miteinander mit seinen Geschwistern nun so nicht mehr würde erleben dürfen. Er fühlte sich plötzlich entsetzlich allein.

3 Autoritäre Erziehung

Franz schlief in dieser ersten Nacht in seinem neuen Zuhause sehr schlecht. Das ständige Rascheln des Strohs unter seinem Rücken, immer wenn er sich bewegte, ließ keinen erholsamen Schlaf zu. Das ungleichmäßig verteilte Stroh im Sack sorgte dafür, dass er in dem spartanisch eingerichteten, nicht nur wegen einer fehlenden Heizmöglichkeit kalten und zudem ungewohnten Zimmer mit seinem gelb eingefärbten Holzdielenboden, gerädert aufwachte.

Er war lange schon wach, als die Großmutter mit schrillem Ton vom Erdgeschoss seinen Namen herauf rief. „Aufstehen", fügte sie laut hinzu.

Die 64-jährige Großmutter, mit ihrem stark gekrümmten Rücken, erwartete Franz am Treppenende unten mit den Worten: „Na, hast du gut geschlafen?" Ohne seine Antwort abzuwarten, fügte sie hinzu, „dann beeil dich, damit du rechtzeitig in der Schule bist." Der Großvater saß bereits am Küchentisch mit einer Tasse Zichorienkaffee vor sich. Er scherzte: „Morgenstund hat Gold im Mund", als er Franz etwas missmutig „Guten Morgen" sagen hörte. Nun wusste Franz auch gleich, dass der Spruch an der Wand seines Zimmers wohl so etwas wie der Leitspruch von Johann Schweizer, seinem Großvater, sein musste.

Franz erhielt von der Großmutter einen Waschlappen, der wohl schon seit vielen Jahren von beiden Großeltern gemeinsam benutzt wurde, in die Hand gedrückt. „Franz, wasch dich zuerst", waren ihre Worte. Franz schauderte es, bei dem Gedanken, sich mit kaltem Leitungswasser, das über dem Schüttstein in der Küche aus dem Wasserhahn kam, waschen zu müssen. Noch mehr aber lief es ihm kalt den Rücken hinunter, weil es ihn grauste, sich mit so einem ausgewaschenen stinkenden Gemeinschaftswaschschlappen waschen zu müssen. Der Seifenlappen war nur noch ein dünnes Stück Tuch. Auf die Idee, ihn gegen einen neuen auszutauschen, wären die beiden sicher noch nicht gekommen. Er stammte sicher noch aus der Aussteuer der Großmutter von deren Hochzeit. Zähneputzen war im Hause Schweizer ein Fremdwort, die Zähne putzte man sich nicht. Ein Indiz dafür war, dass die Großmutter nur noch ein paar wenige einzelne Zähne im Mund hatte.

Beim Frühstück fiel Franz eine weitere Eigenart seiner Großeltern auf. Zum Marmeladenbrot gab es weder Butter noch Margarine, die Marmelade wurde direkt aufs Brot gestrichen. Wenn Johann Schweizer einen Vorsatz gefasst hatte, duldete er keine andere Meinung und akzeptierte keine Sonderwünsche anderer. Und sein Entscheid war nun eben, dass man auf die Butter zum Marmeladenbrot verzichtet.

Als Franz am Mittag von der Schule nach Hause kam, wartete die Großeltern bereits mit dem Mittagessen. Der Großvater war noch in der Scheune, um sein Vieh zu füttern. Im Gegensatz zu den anderen Bauern im Dorf war er der Meinung, dass, wenn Menschen dreimal täglich eine Mahlzeit bekommen, dies bei Rindviechern nicht anders sein sollte. Und so

hatte er es sich angewöhnt, seinem Jungvieh und dem Pferd auch über die Mittagszeit Futter zu geben. Mit Recht war er dann immer stolz darauf, besonders schöne Schlachttiere dem Metzger anbieten zu können.

Schnell wurde dem Jungen bewusst, dass bei seinen Großeltern die Dinge nach einem geregelten System abzulaufen hatten. Der Schulranzen bekam in der Wohnstube neben der unbequemen Bank aus Holz seinen Platz. „Hierhin stellst du künftig deinen Schulranzen immer", befahl die Großmutter. Dann kam der Großvater auch in die Küche. „Hier riecht es gut", sagte er hocherfreut. Und tatsächlich, die Großmutter konnte gut kochen. Gekocht wurde auf einem Holzherd, wobei beispielsweise für die Bratpfanne ein paar Herdringe vom Herd genommen wurden, so dass die Pfanne nahen Kontakt zum Feuer bekam.

Bevor man zu essen begann, sprach die Großmutter ein Tischgebet. Mit monotoner Stimme leierte sie täglich das gleiche Gebet herunter.

Franz fiel auf, dass in manchen Speisen Knoblauch enthalten war, und er gab zu bedenken, dass, wenn dies im Essen sei, man eine Knoblauchfahne mit sich herumtragen werde. Dies ließ der Großvater aber nicht gelten. „Knoblauch ist gesund, und was auf den Tisch kommt, wird gegessen", ließ er unmissverständlich verlauten. Nachdem Franz seinen Teller leergegessen hatte, wollte er vom Tisch aufstehen. „Bleib sitzen, bis alle fertig sind und Großmutter das Dankgebet gesprochen hat", dirigierte der Hausherr den Jungen auf seinen Stuhl zurück. Mit der gleichen Eintönigkeit fasste die gebrechliche Frau auch das Dankgebet in Worte.

Franz jedoch wurde schnell klar, dass absolutes Gehorchen zu den Tugenden gehörte, die Johann Schweizer von ihm einforderte.

Hatte sich Franz beim Essen den Mund verschmiert, so griff seine Großmutter in ihre Rocktasche und holte ein schäbiges gebrauchtes Textiltaschentuch heraus. Mit ihrem Speichel befeuchtete sie es und wischte dem Jungen den Mund damit „sauber". Franz ekelte sich davor.

Die Toilette, ein Plumpsklo, befand sich in einem Anbau, zu dem man von der Küche aus über einen Vorraum gelangte. Von diesem Vorraum aus ging auch eine Tür zur Treppe, die hinters Haus in den Hühnergarten führte. Anstelle von Toilettenpapier musste man sich mit Zeitungspapier behelfen. Luise Schweizer nahm nie das Wort Toilette oder Klo in den Mund. Sprach sie vom stillen Örtchen, so sagte sie immer: „Hinten draußen".

Vormittags um halb zehn hatten es sich Schweizers angewöhnt zu vespern, sofern sie nicht auf dem Feld waren. Das Vormittagsvesper fand aber nicht in der Küche, sondern in der Wohnstube statt. Morgens unter der Woche gab es stets Backsteinkäse mit Butterbrot.

4 In der Rolle des Knechts

Nachmittags musste Franz mit seinen Großeltern aufs Feld. Der Großvater spannte sein Pferd, das auf den Namen „Max" hörte, vor den Leiterwagen. Von der linken zur rechten Leiter des Wagens legte der Großvater ein Brett, worauf er sich setzte. Dies diente ihm sozusagen als Kutschbock. Neben ihm durfte der Bub Platz nehmen. Hocherhobenen Hauptes dirigierte er das Pferd und erklärte seinem jungen Mitfahrer, auf was es beim Lenken des Pferdes ankommt. Dabei kam ihm seine Erfahrung, die er in Kriegszeiten bei seinem Einsatz als berittener Soldat gewonnen hatte, zugute.

Auf dem Kartoffelacker musste der Junge Unkraut jäten. Gegen Abend war noch Klee zu mähen, das der Großvater zum Füttern des Viehs mit nach Hause nehmen wollte. Schon als 9-Jährigem brachte Schweizer dem Jungen bei, - so wie er es angekündigt hatte - wie man die Sense beim Mähen führen muss. Und Franz stellte sich sehr gut an, der Großvater war begeistert von den Fortschritten, die der Junge bei allen Arbeiten machte.

Das Abendbrot gab es bei den Alten in der Wohnstube auf einem stabilen Tisch aus Eichenholz. Im Zimmer auf einem niederen Tischchen stand noch ein Radiogerät, das jedoch nie benutzt wurde. In den ersten Nachkriegsjahren, als im Rundfunk die Namen der aus der Kriegsgefangenschaft Zurückkehrenden verkündet wurden, hatten sich Schweizers entschlossen, ein Radiogerät anzuschaffen. Die Enttäuschung darüber, dass nie die Namen ihrer in Russland vermissten beiden Söhne bei den Meldungen im Radio dabei waren, veranlasste sie in der Folgezeit, das Gerät nie mehr einzuschalten. Großmutter sprach dann immer verächtlich von dem neumodischen Zeug, wenn sie etwa vom Radiogerät sprach.

Stattdessen drehte sich bei den Gesprächen der Alten immer alles um die Landwirtschaft und die Fortschritte, mit denen sie und die Nachbarn und andere Bauern im Dorf ihr Tageswerk bewältigten.

Johann Schweizer und seine Gemahlin waren mit Leib und Seele Bauern. Ein anderes Leben konnten sie sich nicht vorstellen. Wenn der Großvater, vorne auf dem Wagen sitzend, das Leitseil in der einen und die Peitsche in der anderen Hand, sein Pferd hinaus aufs Feld lenkte, war er glücklich.

Sie konnten sich schwer mit allem Neuen anfreunden. Auf seinem Bauernhof musste die Arbeit weitgehend von Hand gemacht werden.

Wenn wieder eine neuartige Maschine in der Landwirtschaft Einzug gehalten hatte, redete vor allem Luise Schweizer auch in diesem Zusammenhang zunächst verächtlich von neumodischen Dingen. Wenn sich die neue Errungenschaft dann aber etabliert und durchgesetzt hatte, äußerte sie sich dann im Nachhinein höchst erstaunt, um wie viel leichter sich die Arbeit mit diesem neuen Fortschritt doch bewerkstelligen ließe.

Für den kleinen Franz bedeuteten die Sommermonate viel Arbeit und Mithelfen. Die Heuernte zog sich über Wochen hin und die Kinder bekamen von der Schule Heuferien, um mit anpacken zu können.

Schon am frühen Morgen musste Franz mit dem Großvater auf eine der zahlreichen, auf der ganzen Gemarkung verstreuten, Wiesen zum Mähen. Dort warteten sie, bis der Vater von Franz mit seinem Schlepper mit seinem Mähwerk zum Mähen kam. Bei größeren Wiesen dauerte es Stunden, bis sie abgemäht waren. Franz Aufgabe bestand darin, hinter dem Mähbalken zu gehen und das Gras mit einem Holzrechen daran zu hindern, dass es

35

vor den Mähbalken fiel und damit das Messer verstopfte und blockierte. Er musste das Gras gleichmäßig nach hinten ziehen, damit es schöne Mahden gab.

Am nächsten Tag wurde eine andere Wiese gemäht. Anschließend musste Franz mithelfen, das am Vortag gemähte Gras mit Heugabeln zu wenden, damit das Gras auch von der anderen Seite dörrte. Am späten Nachmittag galt es, das inzwischen gedörrte Gras mit Rechen zu Haufen, die man in Scheulenfeld Schochen nannte, zusammenzuziehen.

Am nächsten Morgen mussten die Schochen wieder mühsam auseinandergezerrt und das junge Heu gleichmäßig auf der Wiese zerstreut werden, damit es vollends trocknen und dörren konnte. Anschließend war das Heu, das am Vortag auf der zweiten Wiese gemäht worden war, umzudrehen.

Am Nachmittag fuhr der Großvater mit dem Pferd und dem Heuwagen los. Der Großvater und die Großmutter setzten sich auf das innere des Leiterwagens und Franz nahm auf dem Wagenbrett, das am hinteren Ende des Wagens ein Stück aus dem Wagen ragte, Platz. Franz tröstete sich damit, dass die meisten der anderen Bauernkinder ihren Eltern auch bei der Heuernte helfen mussten. Nur die Kinder der Flüchtlingsfamilien oder die Kinder besserer Familien oder der wenigen Arbeiterfamilien, welche nicht noch nebenher eine Landwirtschaft betrieben, konnten wirklich die Ferien als solche genießen.

Auf der Wiese musste das zerstreute, nun gedörrte Heu zu Wülsten, die man in Scheulenfeld als Plagen bezeichnete, zusammengezogen werden, damit sie der Großvater mit der langen Heugabel aufspießen und auf den Wagen wuchten konnte. Hier nahm sie die Großmutter mit ausgebreiteten Händen in Empfang. Weil Luise Schweizer nicht mehr so rüstig war, platzierte der Großvater das Heu schon so gut, dass es seine Frau nur zu drücken brauchte. Franz musste mit einem Rechen hinterhergehen und dafür sorgen, dass kein Halm liegen blieb. Johann Schweizer legte größten Wert darauf, dass kein Halm übersehen wurde; seine Wiesen mussten in tadellosem Zustand sauber verlassen werden.

War der Wagen voll, so war es manchmal notwendig, auch zwei- oder dreimal nach Hause zu fahren. Dort wurde der Wagen in die Scheune geschoben. Mit seiner langen Heugabel gab der Großvater das Heu durch eine Öffnung auf den Scheunenboden, wo Franz das Heu mit der Gabel wegnehmen und in hintere Regionen verfrachten musste. Dies war nicht nur für den Jungen eine schwere wie auch staubige und schweißtreibende Angelegenheit.

Gegen Abend wurde dann auf der zweiten Wiese geschocht; und so zog sich die Heuernte über gut zwei Wochen. Regnete es dazwischen, so hatte man zwar eine Verschnaufpause, aber umso schwerer und mühsamer tat man sich dann mit dem wieder trocknen und dörren des Heues.

Wenig später folgte die Getreideernte. Glücklicherweise standen nun die Selbstbinder, welche auch als Bindemäher bezeichnet wurden, zur Verfügung.

Auch hier war der Vater mit seinem Schlepper und dem Bindemäher zur Stelle.

War ein Getreidefeld zu mähen, an das auch ein Getreidefeld eines anderen Bauern angrenzte, so musste vorher eine Mahd von Hand mit dem „Haberrechen" gemäht werden, damit das Zugfahrzeug nicht über das Getreide fahren musste und es niederwalzte. Nachdem das reife

Getreide gemäht war, wurden die Garben aufgestellt. Der Großvater nahm zwei Garben, die er gegeneinander stellte, und Franz stellte von den anderen beiden Seiten jeweils eine Garbe hinzu. Bevor die Garben dann in die Scheune nach Hause gebracht wurden, mussten sie noch stehend ein paar Tage trocknen.

Nach der Getreideernte stand das Öhmden an, das etwa wie die Heuernte ablief. Mit einem Sommervergnügen, wie ins Schwimmbad gehen, durfte Franz nichts am Hut haben.

Aber die lobenden und anerkennenden Worte des Großvaters an Franz für dessen guten Einsatz bei all diesen Arbeiten taten ihm gut. Der alte Bauer wusste es sehr zu schätzen, dass Franz bei all den Verrichtungen kräftig zulangte und mitzog. Der Senior war sich auch nicht zu schade, bei jeder sich bietenden Gelegenheit seinen Enkel mit Lob zu überschütten.

Für die Kartoffelernte gab es von der Schule Kartoffelferien.

Auch hier musste Franz jeden Tag tatkräftig mithelfen. Die Kartoffeln wurden mit dem Pflug heraus geackert und mussten von Hand aufgelesen werden.

Eines Morgens, im Herbst 1959, kam Franz in die Schule und wurde schon von einigen Kameraden erwartet. „Gratuliere dir zu deinem neuen Schwesterchen", sagte sein Freund Heinz. „Was Schwesterchen?", wollte Franz wissen.

„Deine Mutter wurde heute Nacht von einem Mädchen namens Heidrun entbunden, weißt du das nicht?" Franz fiel aus allen Wolken. Niemand hatte ihm von der bevorstehenden Geburt seines Geschwisters erzählt und auch keine Andeutungen gemacht. Ihm selbst war die Schwangerschaft seiner Mutter nie aufgefallen.

Jetzt erst wurde ihm bewusst, warum seine Mutter im Frühjahr so gedrängt hatte, ihn zu den Großeltern auszuquartieren.

Der Grund dafür, dass man ihn zu den Großeltern abgeschoben hatte, war also nicht nur der, dass die Großeltern einen Knecht brauchten, sondern weil man für den Neuankömmling Platz schaffen wollte.

5 Hausaufgaben sind unwichtig

Das Lernen und die Hausaufgaben für die Schule stellte in den Augen der alten Bauern eine zweitrangige Rolle dar. Nach Ansicht von Johann Schweizer war es wichtig, den Jungen zu einem tüchtigen Bauern zu machen, alles andere fiel nicht ins Gewicht.

Ins Schulzeugnis ein Jahr später schrieb die Lehrerin: „Franz könnte mit seiner Begabung mehr leisten. Er muss die Hausaufgaben sorgfältiger erledigen". Doch dies zählte nicht bei Schweizer. Für ihn war die Arbeit, die der Junge auf seinem Hof verrichtete, maßgebend und entscheidend und damit war er sehr zufrieden.

Franz stellte sich bei allen Arbeiten geschickt an und zeigte guten Willen. Seine Aufgaben waren genau festgelegt. So musste er im Winter, wenn man dem Vieh Kohlrüben mit Häcksel vermischt füttern wollte, immer Kohlrüben mit der Handkurbel-Hobelmaschine hobeln. Danach musste er die Rübenschnitze in einem vom Großvater festgelegten Mischverhältnis zusammen mit Häckselgut in der Scheune vor jeden Futterladen auf dem Boden aufschichten. Diese Arbeit gehörte zu den Aufgaben von Franz.

Das Regiment im Hause seiner Großeltern führte eindeutig die Großmutter. Sie wirkte aufgrund ihres stark gekrümmten Rückens gut zehn Jahre älter als sie in Wirklichkeit war und konnte sich nur mühevoll fortbewegen. Aber was sie sagte, das hatte Gewicht; auch bei Johann Schweizer und vor allem bei ihm. Sie sprach die Befehle aus und Johann Schweizer führte sie aus, ohne groß nachzudenken, ob dies nun sinnvoll oder zweckmäßig wäre. Auch gegenüber Franz trat sie immer in ihrem Befehlston auf.

Johann Schweizer verdiente sich, wie die meisten der Bauern in den Zeiten, in denen es weniger Arbeit in der Landwirtschaft gab, ein Zubrot beim Wegebau, der im Zuge der Flurbereinigung auf der Gemarkung der Gemeinde durchgeführt wurde. Hier nahm der Bauer die Gelegenheit wahr, etwas hinzuzuverdienen.

Durchgefroren kam der Alte manches Mal nach Hause. Er rieb sich die Hände und freute sich: „Ah, hier ist es schön warm". Kaum hatte er diese freudige Feststellung getroffen, fuhr ihn seine Gattin an: „Jetzt machst du zuerst den Hühnerstall zu, dann holst du Brennholz, ziehst deine Jacke aus, holst vom Keller Most herauf. Danach ziehst du deine Schuhe aus." Und ohne mit der Wimper zu zucken, ohne jeglichen Widerspruch tat er, wie ihm befohlen.

In diesen Momenten tat Franz der Großvater geradezu leid. Da hatte der alte Mann nach einem mühevollen Arbeitstag bei Kälte und Nässe die warme Stube herbeigesehnt und sich auf den Feierabend gefreut; aber er musste zuerst die Kommandos seiner Gattin nicht nur ertragen, sondern sie auch wortgetreu ausführen.

6 Mit Herzblut im Sport dabei

Franz hatte unbändige Freude an sportlicher Betätigung. Auf ihn übte die sportliche Auseinandersetzung und das Kräftemessen mit anderen eine fesselnde Wirkung aus. Seine Leidenschaft galt dem Sport und insbesondere das Fußballspielen faszinierte ihn. Diese Begeisterung für Fußball wurde in ihm bereits geweckt als er vierjährig mit seinem Vater das Endspiel der Fußball-Weltmeisterschaft von 1954 in einem Gasthaus im Fernsehen mit verfolgen durfte. Schon damals, als er zum aller ersten Mal Fußballspieler auf einem Bildschirm sah, machte dieser Sport eine bezaubernde Ausstrahlung auf ihn. Als Fünftklässler gehörte er bereits der Schüler-mannschaft an, in der außer ihm nur Schüler aus der siebten und achten Klasse zum Einsatz kamen. Hier entwickelte er einen ganz speziellen Ehrgeiz. Vielleicht auch deshalb, weil er seinen Eltern beweisen wollte, dass es ein Fehler gewesen war, ihn aus ihrer Hand gegeben, ihn aus dem Geschwisterkreis herausgerissen und abgeschoben zu haben.

Franz ging im Fußball an die Grenzen. Wehe wenn einer seiner Mitspieler nicht mitzog, sich im Spiel gehen ließ. Franz dirigierte lautstark seine Mitspieler und wollte unter allen Umständen in jedem Spiel das Bestmögliche erreichen. Verlor er einen Zweikampf, so schwor er sich, dass ihm das beim nächsten Mal nicht mehr passieren würde. Wurde er absichtlich gefoult, so hatte sein Gegenspieler nichts mehr zu lachen. Mancher Stürmer der gegnerischen Mannschaft verzweifelte oft fast, wenn er sich gegen den rigorosen unbequem agierenden Abwehrspieler Franz durchsetzen wollte. Spielte er Fußball, so vergaß er alles andere um sich herum.

Einmal zwangen ihn Kopfschmerzen, die er während des Unterrichts am Nachmittag in der Schule bekam, nach Hause zu gehen. Auf dem Weg von der Schule bis zu seiner Bleibe kam er am Bolzplatz im Pfarrgarten vorbei, auf dem einige Jungen Fußball spielten. Sofort war er mitten unter ihnen. Dabei vergaß der Junge ganz, dass er nach dem Schulunterricht aufs Feld hätte kommen müssen, um den Großeltern zu helfen. Erst als diese auf dem Nachhauseweg vom Acker am Bolzplatz vorbeifuhren und den jungen Fußball spielen sahen, kam ihm in Erinnerung, was er versäumt hatte. Ihm wurde dann erst bewusst, dass die Kopfschmerzen, die ihn in der Schule plagten, wie weggeblasen waren. Johann Schweizer hielt mit seinem Fuhrwerk an. Bitterböse schaute er zu Franz, der starr vor Schrecken war, über den Zaun. Er sagte keinen Ton und Franz wusste genau, was dies bedeutete. Franz beeilte sich, sich dem Fahrzeug der Großeltern anzuschließen.

Nicht immer gab es bei solchen Vorkommnissen Prügel für den Jungen, aber die scharfen Worte des Großvaters und seine Vorwürfe wirkten auf ihn oft härter als Schläge.

Der Großvater war selbst außerordentlich sportlich veranlagt. Franz wusste, dass man im Dorf einmal erzählte, sein Großvater sei in jungen Jahren einmal auf einem Pferd im Trab durchs Dorf geritten und habe dabei seine Mütze verloren. Während das Pferd weitertrabte, sei er vom Pferd gesprungen, sei zurückgelaufen, um seine Mütze zu holen, und wieder zu dem Pferd nach vorne gerannt. Das Pferd sei weitergetrabt und Johann Schweizer habe sich wieder auf das trabende Pferd geschwungen. Die Fußballspieler des örtlichen Sportvereins bezeichnete er als Lumpen, denn regelmäßig am späten Sonntagabend, wenn die Spieler nach Siegen ihrer

43

Mannschaft vom Sportheim johlend an Schweizers Haus vorbei nach Hause gingen, fühlten er und seine Frau sich gestört. Sie hielten sich dann immer daran auf, dass die Fußballbegeisterten statt zu schlafen lieber feierten und dem Alkohol zusprachen.

Regelmäßig musste Franz seinem Großvater bei landwirtschaftlichen Arbeiten zur Hand gehen. Während seine Freunde auf dem Weg zum Fußballplatz bei Schweizer vorbeikamen, stand Franz in Gummistiefeln auf dem Misthaufen, weil er seinem Großvater helfen musste, den Mistwagen mit Dung zu beladen. Seine Freunde bedauerten ihn und wollten wissen, ob er nachkomme. Johann Schweizer, der wusste, dass sein Enkel auch gerne zum Fußballspielen gehen würde, antwortete unmissverständlich: „Wenn er mit seiner Arbeit fertig ist, kann er kommen. Aber das dauert noch." Auf dem Feld angekommen, musste der Dung, als zahlreiche kleine Häufchen auf dem ganzen Acker verteilt, abgeladen werden. Während der Großvater einen zweiten Wagen Mist zu Hause holte, musste Franz auf dem Feld bleiben und mit seiner Mistgabel den angehäuften Stalldung verstreuen. Wie hasste er in solchen Situationen den Alten. Franz war auf weiter Flur allein. Kein Mensch war weit und breit zu sehen. Ganz sicher aber musste keiner seiner Gleichaltrigen solche Knechtsarbeit verrichten. Die Lerchen über dem Ackerfeld trällerten ihr Lied. Doch dies nahm Franz in seinem Mühen, den Mist zu verstreuen, nicht wahr. Der Großvater erwartete, dass Franz seine Aufgabe erledigt haben würde, bis er mit dem zweiten Mistwagen an Ort und Stelle war.

Einmal mehr bedauerte Franz, zu den Großeltern gezogen zu sein.

Auch abends nach dem Abendbrot trafen sich Franz und seine Freunde regelmäßig zum Fußballspielen auf dem

Sportplatz. Franz war der Einzige, der beim Achtuhrläuten der Kirchenglocken sofort nach Hause musste. Während die anderen seiner Freunde in der Regel länger blieben, zumindest so lange, wie es die Helligkeit zuließ, erwarteten seine Großeltern, dass er, wenn die Kirchenglocken ertönten, sofort nach Hause rannte. Normalerweise waren seine Großeltern, wenn er zu Hause ankam, schon im Bett.

Einmal, an einem schönen Sommerabend, blieb Franz, wie die anderen seiner Freunde, bis die Dämmerung schon hereinbrach. Vor dem Haus der Schweizers befand sich ein mit einem Lattenzaun eingezäunter Vorgarten. Als Franz um den Gartenzaun herumkam, saßen die Großeltern noch vor dem Haus auf der Ruhebank. Dies war äußerst ungewöhnlich, denn normalerweise gingen beide sehr früh zu Bett, standen aber in der Frühe mit den Hühnern auf. Franz sank das Herz in die Hose. Mit einem bitterbösen grimmigen Blick wurde er von der Großmutter angefahren. „Weißt du auch, wie viel Uhr es ist?" „Mach, dass du ins Haus kommst", ergänzte der Herr des Hauses. Dann griff Schweizer den Jungen am Arm, zog ihn ins Haus und erteilte ihm eine gehörige Tracht Prügel. In seiner Verzweiflung wagte Franz zaghaft zu sagen: „Ich will wieder nach Hause zu meinen Eltern". „Dann geh doch, geh, geh!", schrie Schweizer den aufmüpfigen Knaben mit einer Zornesröte im Gesicht an. Großvaters scharfer Blick auf den Jungen, den er immer dann anwendete, wenn der Gescholtene keinen Ton mehr hervorbringen durfte, ließ Franz augenblicklich verstummen. Erschrocken und eingeschüchtert fand er sich mit seinem Schicksal, bei den Großeltern bleiben zu müssen, ab.

45

7 Gott sei Dank bist du wieder da

An den schulfreien Nachmittagen gingen Franz und seine Kameraden im Winter zur großen Skisprunganlage ins Böttental. Franz war sich darüber im Klaren, dass seine Großeltern nie zulassen würden, dass er auf der großen Schanze sprang. Er besaß schließlich keine Sprunglauflatten, sondern nur herkömmliche Tourenski. Doch in den zurückliegenden Wochen hatte er sich eine gute Fertigkeit im Skispringen angeeignet und war immer mutiger geworden. Die Schanze ermöglichte Sprünge bis zu 50 Meter weit. Mit seinen besten Sprüngen hatte er schon mal knappe 40 Meter erreicht.

Er wusste zwar, dass ein Sturz fatale Folgen haben könnte, denn seine Skier waren nicht mit einer Sicherheitsbindung, sondern nur mit einer herkömmlichen Federbindung ausgerüstet. Aber er war noch nie gestürzt und genoss es, wenn die Skihose im Fahrtwind flatterte.

Über Nacht hatte es gut dreißig Zentimeter Neuschnee gegeben. Die sieben oder acht Jungs, die meisten zwei, drei oder vier Jahre älter als Franz, machten sich daran, die große Schanze im Böttental zu präparieren. Einige der Buben glätteten den Aufsprungbereich und den Auslauf an der Schanze, Franz und ein weiterer Junge traten im Anlaufareal den Schnee fest. Wegen des vielen Neuschnees präparierten die Jungen den Hang nur so breit, wie ihre Skier lang waren.

Franz war es vorbehalten, die erste Spur in den festgetretenen Schnee zu ziehen. So schwang er sich vom höchsten Anlaufpunkt aus in den Hang. Er konnte es sich nicht vorstellen, dass jemals eine Zeit kommen könnte, wo er sich eine solche gewagte Schussfahrt über die Schanze nicht zutrauen würde. Sein Sprung ging etwa fünfundzwanzig Meter weit. Doch weil er mit seiner

Spur zu weit nach rechts gekommen war und die Aufsprungfläche nicht breit genug hergerichtet worden war, landete er mit dem rechten Ski im Tiefschnee. Verzweifelt versuchte er aus seiner misslichen Lage herauszukommen und stehen zu bleiben. Doch aller Kampf war umsonst. Er stürzte. Seine Ski, die sich nicht von den Schuhen lösten, schlugen ihm um die Ohren, eine gewaltige Wolke von Pulverschnee hüllte ihn ein, als es ihn unzählige Male überschlug, bis er unten im Tal zu liegen kam.

Franz fror entsetzlich, aber sowohl seine Skier als auch sein Körper blieben, wie durch ein Wunder, völlig unversehrt.

Am nächsten Tag war sein älterer Bruder Karlheinz Augenzeuge vom Mut und der Waghalsigkeit von Franz auf dem Sprungbacken.

Seine Eindrücke, die er an der Schanze gewann, behielt Karlheinz nicht für sich. Zu Hause schwärmte er gegenüber seinem Vater von der Tollkühnheit und den Fähigkeiten seines jüngeren Bruders. „Ich war heute an der großen Skisprungschanze und habe erlebt, wie gut Franz springt."

„Was sagst du da, Franz springt auf der großen Skischanze?"

„Ja, der kam weiter als fast alle anderen".

Hermann Schöpfel legte die Stirn in Falten. „Da kann man wohl nicht viel machen. Dein Bruder scheint ein ganz verrückt sportbegeisterter Draufgänger zu sein. Lass ihn nur, wenn es ihm Spaß macht." Er hatte Verständnis für Franz, weil er wusste, dass seinen Sprössling nichts von seinem Wagemut abhalten würde.

An zwei Nachmittagen jede Woche musste er für zwei Stunden zum Schulunterricht, hatte anschließend aber noch Zeit, Langlauf zu trainieren.

Ein aktiver Jugendtrainer des Sportvereins, Willi Mendler, nahm den Jungen an diesen Tagen nach der Schule unter seine Fittiche. Weil er in Franz Schöpfel ein großes Talent sah, nahm er sich des Jungen besonders an. Auf dem Vorderen Berg, einer hügeligen Landschaft im tiefverschneiten Buchenwald, hatte er eigens dafür eine etwa einen Kilometer lange Rundstrecke gespurt.

Willi Mendler vermittelte dem Jüngeren, wie er bei einem Richtungswechsel der Spur mit einem Ausfallschritt schnellstmöglich den Lauf fortsetzt. „Stoß dich mit dem rechten Ski kräftig ab, setze gleichzeitig beide Stöcke zu einem Doppelstockschub ein und schwing dich in die seitliche Richtung, damit du bei dem Richtungswechsel keine Zeit verlierst." Der Jugendtrainer jagte mit dem Jungen über kleine Hügel und Abfahrten mit schnellen Richtungswechseln und spornte Franz immer wieder an. „Wenn du einen kleinen Hügel kommen siehst, musst du so viel Schwung haben, dass du mit Stockeinsatz leicht drüber kommst und wieder Fahrt aufnehmen kannst."

An einem Samstagnachmittag wurde das Training besonders intensiv ausgedehnt. Der Trainer war von dem Jungen immer mehr begeistert, vor allem auch, weil dieser nie genug bekommen konnte; es machte einfach Spaß, mit ihm durch die Loipe zu rennen. Mendler wollte ihn am anderen Tag bei überregionalen Jugendmeisterschaften, die in Scheulenfeld ausgetragen wurden, in Jugendklasse I der Fünfzehn- und Sechzehnjährigen starten lassen. Er sagte zu Franz: „Mit deinen Leistungen wirst du selbst in dieser Altersklasse mithalten können." In seinem Eifer merkte der knapp 13-jährige Franz nicht, dass die Dämmerung schon hereinbrach. Um halb fünf sollte er zu Hause sein. Doch er musste noch das Böttental durchqueren und über den Wiesenburren zum Haus seiner Großeltern einen beträchtlichen Anstieg bewältigen. Er kam erst um halb sechs Uhr zu Hause an. Es war schon dunkel.

Zu seinen täglichen Aufgaben gehörte, dass Franz im Rübenkeller unter der Scheune Kohlrüben so heranschaffen musste, dass sie von der Scheune aus mit einer Zinkengabel heraufgeholt werden konnten.

„Wo kommst du her", giftete ihn die Großmutter an? „Vom Langlauftraining", sagte Franz. „Es war ganz toll, ich habe ganz gut trainiert", fügte er hinzu. Er wollte noch sagen, dass der Jugendtrainer ganz begeistert von ihm gewesen sei, aber dazu kam er nicht. Johann Schweizer, der mit grimmiger Miene am Küchentisch saß, sprang von seinem Stuhl auf. „Toll findest du das, dass du bei Nacht nach Hause kommst und dabei deine Aufgaben vernachlässigst." Er schnappte sich den Jungen und schlug auf ihn ein. Mitten ins Gesicht traf ihn ein heftiger Schlag des Alten, der außer sich vor Wut war.

„Nimm eine Kerze und geh in den Kohlrübenkeller und schaff Kohlrüben doch tagsüber alle Zeit der Welt gehabt, diese Aufgabe auch mal selbst zu erledigen."

Franz fühlte sich entsetzlich niedergeschlagen. Hätte der Großvater doch tagsüber alle Zeit der Welt gehabt, diese Aufgabe auch mal selbst zu erledigen.

Im Winter war es oft so, dass der Alte nachmittags im Dorf zu Wagner Lamparter, zu Wagner Schmauder, zu einem der beiden Küfer oder zum Sattler-Lud in die Werkstatt ging, um mit anderen Bauern aus Scheulenfeld, die auch nichts anderes zu tun hatten, Neuigkeiten auszutauschen und das Aktuellste zu erfahren. Dort war es warm und man traf immer jemand an, mit dem man einen Schwatz halten konnte.

Aber dass er die Aufgaben, die er obligatorisch Franz übertragen hatte, ausnahmsweise mal selbst übernehmen könnte, das kam ihm nicht in den Sinn.

Franz zündete die Kerze, welche auf dem Schüsselbrett in der Küche im Kerzenständer stand, an. Über die verschneite Treppe, die hinter dem Haus in den tiefverschneiten Garten führte, musste er durch den finsteren Lagerraum, in dem verschiedene landwirtschaftliche Geräte und der Leiterwagen untergebracht waren, vorbei durch den dunklen Schuppen in den Rübenkeller. Sein Gesicht brannte nach den Schlägen heftig. Im Freien blies der Wind die Kerze aus. Er musste nochmals umkehren und Streichhölzer holen. Durchs Dunkle und durch hohen Schnee stiefelte er durch den Garten. Im Geräteschuppen zündete er die Kerze an. Tränen rannen ihm übers Gesicht. Wie er so einsam und allein im Kerzenschein in dem Gewölbekeller kauerte, weinte er bitterlich. Sein Schluchzen war herzerweichend, jedoch es vernahm niemand.

Nachdem er seine Aufgabe erfüllt hatte, schleppte er sich wieder in die Küche, wo die Großeltern immer noch mit stockfinsterer Miene am Küchentisch saßen. Der Herr des Hause ergriff, an Franz gewandt, das Wort: „Zur Strafe darfst du morgen Vormittag nicht an der Skimeisterschaft teilnehmen. Du gehst in die Kinderkirche."

Das saß bei Franz. Er wusste vor Enttäuschung nichts mehr zu sagen. Er rannte zur Küche hinaus, schlug die Tür hinter sich zu und begab sich die Treppe hinauf. In der Kammer warf er sich auf das Bett und ließ seinen Tränen freien Lauf.

Wie hatte er sich auf diesen Langlauf gefreut, wie hart hatte er darauf trainiert. Endlich hätte er einmal die Gelegenheit gehabt, über eine längere Distanz von fünf Kilometern seine Kondition und seine Kraft auszuspielen. Auf kurzen Laufstrecken hatte er seine Qualitäten mit ersten Plätzen schon oft bewiesen. Aber seine eigentliche Stärke waren die längeren Distanzen.

Der Zwölfjährige war der Verzweiflung nahe. Er kam nicht auf die Idee, sich seinen Eltern anzuvertrauen und diese um Erlaubnis zu fragen. Mit Sicherheit hätte er dann starten dürfen. Franz fürchtete die Konsequenzen. So blieb ihm nichts anderes übrig, als auf den Lauf zu verzichten.

Am anderen Tag, am Sonntagmorgen, besuchten Johann Schweizer und seine Ehefrau wie gewohnt den Gottesdienst. Nach dem Erwachsenengottesdienst fand immer der Kindergottesdienst statt. Während die Alten in der Kirche waren, nutzte Franz die Gelegenheit und schnallte seine Langlaufski an. Über Nacht hatte es geregnet. Die Temperaturen lagen deutlich unter dem Gefrierpunkt, so dass sich auf dem Schnee eine Eisschicht gebildet hatte. Franz bekam auf den abschüssigen Wiesen, die sich hinter dem Haus über den Wiesenburren ins Tal erstreckten ein enormes Tempo, so dass er vornüber stürzte. Durch das hartgefrorene Eis erlitt er im ganzen Gesicht Schnitt- und Schürfwunden. Blutüberströmt machte sich Franz auf den Weg nach Hause. Die Verletzungen konnte er nicht kaschieren. Notdürftig verklebte er die größten Wunden mit Wundpflaster.

In Scheulenfeld war es Tradition, dass es das Mittagessen am Sonntag schon um elf Uhr gab. Zu diesem Zeitpunkt erwarteten Luise und Johann Schweizer ihren Enkel von der Kinderkirche zurück.

Aber Franz kam nicht. Johann Schweizer war erbost. Hatte sich der Bub also doch über seine Anordnung, auf die Skiwettkämpfe zu verzichten und stattdessen die Kinderkirche zu besuchen, hinweggesetzt?

Dafür würde er ihn hart bestrafen. Schweizer machte sich auf zum Sportheim des Wintersportvereins, von wo aus die Skimeisterschaften gestartet worden waren. Dort traf er Walter und Gerhard Sindlinger, zwei Freunde von Franz, die an den Meisterschaften teilgenommen hatten. „Wo ist Franz?", wollte Schweizer von den beiden wissen. „Er ist gar nicht am Start erschienen, obwohl er gemeldet war", erwiderte Walter.

Willi Mendler lief Johann Schweizer über den Weg. „Wieso ist denn dein Franz nicht zum Wettkampf gekommen? Ich hatte so große Stücke auf ihn gesetzt", wollte der Jugendtrainer von dem Alten wissen.

Ohne eine Antwort zu geben, ließ ihn Schweizer stehen und schritt zügigen Schrittes durch den gefrorenen Schnee wieder seinem zu Hause entgegen.

Franz war immer noch nicht aufgetaucht. Das Mittagessen war zwischenzeitlich kalt geworden.

Als Franz' Großmutter in dessen Kammer auf der Kommode einige blutverschmierte zusammengeknüllte Taschentücher vorfand, begann die Wut von Johann und Luise Schweizer sich in Besorgnis zu wandeln.

Hatte sich der Zwölfjährige etwas angetan? Die beiden durchsuchten das ganze Haus vom Keller bis unters Dach, jedes Zimmer, jede Kammer, die Bühnenräume, die ganze Scheune und die Geräteschuppen. Sie riefen im, vor und hinter dem Haus laut seinen Namen.

An Mittagessen war nicht mehr zu denken. Auch an seinen sonntagnachmittäglichen Wirtshausbesuch, den

Schweizer normalerweise in einem der fünf Scheulenfelder Gasthäuser, im Gasthaus „Zum Lamm", „Zum Rößle", „Zum Hirsch", „Zum Rad" oder im Gasthaus „Zur Linde" immer am Sonntag vornahm, dachte er nicht mehr. Auch seine obligatorische Sonntagszigarre zündete er nicht an. Stattdessen machte sich Johann Schweizer voller Besorgnis und Bange auf den Weg ins Elternhaus von Franz und hoffte, ihn dort vorzufinden.

Doch auch diese Hoffnung zerschlug sich. Franz war auch dort nicht aufgetaucht. Nun waren auch seine Eltern und Geschwister besorgt um ihn.

Niemand, den Johann Schweizer auf dem Rückweg nach Hause durchs verschneite Dorf antraf und den er nach Franz fragte, hatte ihn an diesem Tag gesehen.

Auch in der Kinderkirche sei er nicht gewesen, wie ihm Marlies und Gertrud Hofmann, von denen Schweizer wusste, dass sie jeden Sonntag den Kindergottesdienst besuchten, versicherten, als er sie beim Streuen von Asche auf dem Gehweg zu ihrem Elternhaus an der Hauptstraße ansprach.

Schweizer hoffte inständig, dass sein Franz wieder da sein würde, wenn er zu Hause eintreffen würde.

Doch auch diese Hoffnung trug. Franz war noch nicht wieder in Erscheinung getreten.

Auch aus der Nachbarschaft hatte ihn niemand bemerkt.

In seiner Besorgnis stiefelte Johann Schweizer während des gesamten Sonntagnachmittags auf der Suche nach Franz sorgenvoll durch die winterliche Landschaft um Scheulenfeld, machte ihn aber nirgends ausfindig.

Franz` Eltern hatten bei ihrem Nachbarn, die schon über einen Telefonanschluss verfügten, im Krankenhaus angerufen, ob er nicht dort eingeliefert worden sei. Doch auch das bestätigte sich nicht.

Gegen Abend, kurz vor Einbruch der Dunkelheit, tauchte bei den Großeltern der Vater von Franz zur Lagebesprechung auf. Franz war noch nie weggelaufen und war stets mehr oder weniger folgsam gewesen. Die Sorgen der Eltern und vor allem die der Großeltern wuchsen.

„Wir sollten die Polizei einschalten oder zumindest die örtliche freiwillige Feuerwehr mit der Suche nach Franz beauftragen, bevor es Nacht ist", schlug der Vater vor.

Johann Schweizer machte sich Vorwürfe:"Warum habe ich Franz nicht an den Skimeisterschaften teilnehmen lassen? Warum nur?" Erschöpft und resignierend ließ er sich in den Ohrensessel, der neben dem wärmeausstrahlenden Kachelofen stand, fallen. Nachdenklich sog er die Unterlippe in den Mund. Um sein Schnurrbärtchen war ein leichtes Zittern zu erkennen. Franz` Vater ging ruhelos in der Wohnstube auf und ab. Die Großmutter saß auf der unbequemen, gelblackierten und für sie viel zu hohen Holzbank. Es schien, als ob sie nur mit einem kleinen Bereich ihres Hinterteils darauf sitzen würde.

Die Tatsache, dass Franz Blutspuren in seiner Kammer hinterlassen hatte und verletzt sein könnte, beunruhigte die Ratlosen immer mehr.

Plötzlich vernahmen die drei ein Geräusch. Das musste vom Öffnen des Scheunentores herrühren. Wie von der Tarantel gestochen sprang Johann Schweizer von seinem Sessel auf und stürmte durch den Viehstall in die Scheune. Hermann Schöpfel und auch die Großmutter folgten ihm.

Schwungvoll riss Schweizer die Tür vom Stall zur Scheune auf und erblickte seinen verschüchterten, frierenden

Enkel, als dieser gerade seine Langlaufskier an die Wand lehnte.

„Gott sei Dank, Gott sei Lob und Dank bist du da", stammelte Johann Schweizer. Franz sah nicht zu ihm hin. Erst als er die warme Stimme seines Vaters im Hintergrund hörte, sah er auf. Jetzt erst wusste Franz, dass er keine Strafe zu erwarten hatte. Als Franz in die hell ausgeleuchtete Wohnstube trat, kamen seine heftigen Gesichtsverletzungen zum Vorschein.

„Ja um Himmelswillen, was hast du gemacht"?, wollte nun sein Vater wissen. Franz erzählte, was geschehen war. Dem Großvater entfuhren immer wieder Wortfetzen wie „Gott sei Lob und Dank; du lebst, Gott sei Dank bist du da". Er hatte sich große Sorgen um Franz' Leben gemacht

und war nun vollkommen erleichtert. Die Gesichtsverletzungen von Franz nahm er nun gelassen hin.

Seine bessere Hälfte konnte es sich jedoch nicht verkneifen, zu sagen: „So geht es denen, die nicht folgsam sind. Geschieht dir gerade recht." Sie blies ihren Atem durch die schmalen Lippen und stöhnte laut.

Franz' Vater indessen hatte Verständnis dafür, dass er sich vor seinem Großvater gefürchtet hatte und sich nach seinem Sturz aufs Gesicht mit den Langlaufskiern davongemacht hatte.

Die Großeltern verlangten von Franz aber trotz seiner heftigen Gesichtsverletzungen, an den folgenden Tagen, am Schulbesuch teilzunehmen.

8 Auf der Erfolgsleiter oben

Die Großeltern machten wegen irgendwelchen Verletzungen nie große Umstände.

Einmal führte Franz das Pferd seines Großvaters am Zügel vor dem Haus. Es ging ein heftiger Sturmwind. Plötzlich schlug der Fensterladen eines Nachbarhauses gegen die Wand, so dass das Pferd scheute und sich aufbäumte. Mit dem Huf landete das Pferd auf dem Fuß des Jungen, so dass der große Zeh gequetscht wurde. Die Großmutter hatte für die Behandlung solcher Fälle ein Spezialmittel, das blau gefärbt war und wohl noch aus der Hausapotheke ihrer Mutter oder gar Großmutter stammte. Damit beträufelte sie den lädierten Zeh. Nachdem sich die Verletzung schlimmer als angenommen erwies, blieb nichts anderes übrig, als dann doch noch den Hausarzt aufzusuchen.

Ein anderes Mal schlug sich Franz beim Holzspalten mit dem Beil in den Handballen der linken Hand, wobei eine aufklaffende Wunde entstand. Auch hier ging man nicht zum Arzt, die Großmutter beträufelte die Wunde mit ihrer blauen Spezialflüssigkeit und wartete ab, bis die Wunde wieder von selbst verheilt war.

Auch sonst kümmerte sich niemand um die Körperpflege er den des Jungen. Die Zehennägel wurden Franz nie geschnitten. In seiner Not biss er sie stets mit den Zähnen ab. Glücklicherweise stand für die Schüler einmal in der Woche als Schulunterricht gemeinsames Duschen auf dem Stundenplan. So konnte er sich dann wenigstens einmal in der Woche richtig frisch machen.

So pauschal wie sich Johann Schweizer negativ über den Sport und die Sportler äußerte, so angenehm war es ihm immer wieder, wenn Franz im Sport geglänzt hatte.

Kam Franz von einem Wettkampf nach Hause, so wollte der Großvater immer wissen, welche Platzierung er erreicht hatte. Franz machte sich dann meist den Spaß, zu fragen: „Was schätzt du?" Der Alte griff dann regelmäßig höher und antwortete etwa „Zehnter oder Zwanzigster", obwohl er ahnte, dass der Junge wieder unter den Allerbesten gewesen sein würde. Er war dann immer sehr erfreut, wenn sich diese Ahnung wieder bestätigt hatte. Trotz seiner autoritären Art war Schweizer immer stolzer auf seinen Ziehjungen und freute sich über dessen Erfolge.

Bei den Bundesjugendspielen im leichtathletischen Dreikampf der Schule wies Franz unter den Sechstklässlern nach absolviertem 50-Meter-Lauf als Schnellster und einer überwältigenden Bestweite im Ballweitwurf gegenüber seinen Konkurrenten klar die höchste Punktzahl auf. Nach dem ersten Sprung des abschließenden Weitsprung-Wettbewerbs hatte Franz eine Weite erreicht, die außer ihm nur noch ein Schüler aus der achten Klasse erreicht hatte.   Die zuschauenden Schulkinder und die Lehrer waren vom Sprung von Franz verzückt. Aber Franz war mit seinem Sprung noch nicht zufrieden, weil er den Absprungbalken nicht optimal traf. Deshalb versuchte er vor seinem abschließenden letzten Sprung den richtigen Startpunkt festzulegen, indem er neben der Weitsprunggrube nochmals zum Test startete. Er machte sich eine Markierung an den Ablaufpunkt. Beim zweiten Versuch traf er den Balken perfekt. Mit seinem Sprung kam er auf die Bestweite aller Teilnehmer der Schule und erreichte dabei 60 Zentimeter mehr als der Zweitbeste, ein Achtklässler. Der Beifall der vielen um die Weitsprunggrube herumstehenden Schülerinnen und Schüler und der Lehrkräfte kannte keine Grenzen. Mit seinen Leistungen erreichte Franz eine überwältigende

Punktzahl und als Bester der gesamten Schule natürlich auch eine Ehrenurkunde.

Für die Athleten, deren Punktzahl für eine Ehrenurkunde ausreichte, flochten noch auf dem Sportgelände die Mädchen der Schule Kränze aus Eichenlaub. Mit einem solchen Kranz auf dem Kopf wurde Franz aus Begeisterung für seine Leistung von zwei Schülern der oberen Klasse, auf deren Schultern sitzend, als Punktbester des gesamten Wettkampfs vom Sportgelände zur Schule durchs Dorf getragen.

Johann Schweizer konnte sein Wertgefühl und seine Begeisterung gegenüber „seinem Franz" nicht verbergen. Er spendete dem hoffnungsvollen Enkel eine großzügige Siegprämie in Form eines Geldscheines.

Auch war der Großvater mächtig stolz auf seinen Zögling, weil er mit seiner Schwester Roswitha, einer Schulkameradin und einem Schulkameraden zusammen in einem Singspiel in der Kirche die Weihnachtsgeschichte öffentlich aufführte. Dabei hatte Franz mit seinem Sologesang die Besucher begeistert.

Trotz seiner unerbittlichen Härte und Strenge, nahm Franz immer mehr wahr, dass sein Großvater stolz auf ihn und mit seinem Eifer in allen Dingen sehr zufrieden war.

Im Sommer veranstalteten Franz Schöpfel und seine Freunde an manchen Sonntagen ein Kopfballturnier unter sich. Bei diesem Spiel wurden zwei Tore im Abstand von etwa sechs Metern aufgesteckt. Es standen sich immer zwei Spieler gegenüber. Brachte der eine Spieler den Kopfball des ersten Spielers volley zurück und ging der Ball dann ins Tor, so zählte das Tor doppelt; bei drei oder gar viermaligem unmittelbaren Zurückstoßen des Balles zählte ein Tor drei beziehungsweise vier Treffer.

Bis zu einem Dutzend Jungen, die zum Teil drei Jahre älter waren als Franz, beteiligten sich an den Wettkämpfen. Franz zeichnete sich jedes Mal als Turniersieger aus.

So war es kein Wunder, dass Franz als außergewöhnlich guter Fußballspieler, der nicht nur schnell war, sondern sich auch als äußerst kopfballstark erwies, einen sehr guten Ruf hatte. Sein Kampfgeist galt als unübertroffen.

Hans Eigner, ein weitläufig Verwandter von Franz, sah in dem Jungen ein großes Talent. Er machte ihm den Vorschlag zu einer Teilnahme an einem Lehrgang in der Sportschule in Ruit bei Stuttgart schmackhaft. Dazu wolle er ihn anmelden. Er persönlich würde ihn in seinem Auto dort hinbringen und nach Lehrgangsende einige Tage später wieder abholen. Franz sagte ihm spontan zu, obwohl er wusste, dass seine Großeltern dies nicht tolerieren würden. Mehrmals in den zurückliegenden Tagen hatte der Großvater Franz gegenüber angekündigt, er müsse während seiner Herbstferien, tatkräftig bei der Kartoffelernte mithelfen.

Franz traute sich nicht, sich seinen Großeltern anzuvertrauen, und sein Vorhaben darzulegen. Denn eines war klar, wenn sein Großvater von seiner Absicht, während der Kartoffelferien zu einem Sportlehrgang gehen zu wollen, erfahren würde, würde er dies nie akzeptieren.

Franz packte seine Sachen in die Sporttasche und wartete am Montagmorgen in der Frühe darauf, abgeholt zu werden. Johann Schweizer hatte indessen schon sein Fuhrwerk für den Einsatz auf dem Kartoffelfeld bereitgestellt.

Schweizer war gerade ins Lesen seiner Tageszeitung vertieft, als Hans Eigner kam, um Franz abzuholen.

„Ich bin die nächsten Tage weg bei einem Fußballlehrgang in der Nähe von Stuttgart", erklärte Franz unsicher. Johann Schweizer und seiner Frau, der Großmutter, verschlug es die Sprache. Beide rissen Mund und Augen sperrangelweit auf.

„Was sagst du da", stieß Schweizer hervor. Sein Schnauzbart zitterte vor Erregung. „Du willst..."

„Ja ich will und ich werde jetzt gehen und werde am Sonntag wieder kommen".

Wäre nicht Hans Eigner zugegen gewesen und hätte dieser nicht beruhigend auf Schweizer eingeredet, wäre der Großvater nun sicherlich ausgerastet.

So aber ließ Franz die fassungslos am Tisch sitzenden Großeltern ohne ein weiteres Wort in der Stube sitzen und ging mit Hans Eigner zur Tür hinaus. Er musste sich selbst wundern, dass er den Mut aufgebracht hatte, so zu handeln.

Franz sah noch im Wegfahren wie seine Großeltern ratlos vor das Haus getreten waren und ihm ungläubig hinterdrein sahen.

Franz fürchtete sich zwar vor dem Nach-Hause-Zurückkommen, jedoch die guten Gefühle, die er aufgrund der sportlichen Erfahrungen vom Lehrgang mitnahm, überwogen seine Angst bei weitem.

Mit seinen fußballerischen Leistungen hatte er die Verantwortlichen beim Fußballverband voll und ganz beeindruckt. Franz konnte es sich nie vorstellen, bei einem Trainer nur zweite Wahl zu sein. Obwohl er zu den jüngeren unter den Lehrgangsteilnehmern gehörte, sollte er schon beim nächsten Spiel der Württembergischen Schülerauswahl zu einem Spiel gegen die Bayerische Auswahl mit nach Nürnberg fahren. Im Stadion des 1.FC Nürnberg wollte man ihn auf der rechten Position als Verteidiger beim Vorspiel eines Spiels der Oberliga Süd, der damals vor Gründung der Bundesliga höchsten Spielklasse, einsetzen.

In den Pfingstferien sollte er zu einem weiteren Lehrgang eingeladen werden.

Wider Erwarten fiel die Zurechtweisung seiner Großeltern zu Hause sehr bescheiden aus, denn vom Wetter her war es ohnehin fast die ganze Woche über nicht möglich gewesen, auf dem Kartoffelacker tätig zu sein.

Aber Franz hatte einen wichtigen Schritt getan, in seiner Sportkarriere voran zu kommen und war darüber glücklich.

9 Der verhängnisvolle Unfall

Der überaus schneereiche und lange Winter neigte sich seinem Ende entgegen. Von Mitte November 1962 bis 10. März 1963 lag so viel Schnee, dass jeder Tag zum Skifahren genutzt werden konnte. Jetzt aber hatte die wärmende Sonne dafür gesorgt, dass die Wiesen schneefrei waren. Franz Schöpfel und mehrere ältere Jugendliche trafen sich, um auf die Kreiswaldlaufmeisterschaften, welche in einer naheliegenden Gemeinde ausgetragen werden sollten, zu trainieren. Die schneefreien Wiesen rund um Scheulenfeld, boten hierzu ideale Voraussetzungen. Jeden Abend wurde das ganze Dorf mehrfach in rasantem Tempo umrundet. Franz fühlte sich dabei ausgesprochen gut und forcierte das Tempo immer mehr, so dass nur noch die Allerbesten, die aber schon drei oder vier Jahre älter waren als er, mithalten konnten. Er traute sich mehr denn je zu, bei den am Ostermontag anstehenden Meisterschaften der Schnellste zu sein. Hierfür wollte er kämpfen.

Dass er an diesen Meisterschaften nicht mehr würde teilnehmen können, kam ihm nicht in den Sinn. Ihm stand der verhängnisvollste Tag in seinem Leben, der 26. März 1963 bevor:

Wie jeden Dienstagnachmittag freute sich Franz auf den Schulsport mit seiner sechsten Klasse. Der Sportunterricht fand, zusammen mit den Siebtklässlern, im kleinen Sportraum im Untergeschoss der Schule statt.

Geleitet wurde der Sportunterricht von Lehrer Ostertag, dem Schulleiter der Schule, einem sehr klein gewachsenen Pädagogen, der aber dennoch keinen Zweifel aufkommen ließ, dass man ihn als Respektsperson akzeptierte. Er gehörte in seiner Familie bereits in der dritten Generation dem Lehrerberuf an.

Wie immer, wenn neue Übungen an einem Sprungkasten oder an einem anderen Gerät anstanden, bediente sich der Lehrer Franz und ließ durch ihn die richtigen Bewegungsabläufe den anderen Mitschülern vormachen.

Zum Abschluss des zweistündigen Sportunterrichts ließ Ostertag Rollball spielen. Dieses von den Grundregeln sich als harmlos anfühlende Spiel hatte er vor einiger Zeit an seiner Schule eingeführt. Bei diesem Spiel galt es, den Ball durch rollen in zwei als Tore aufgebaute Elemente eines Sprungkastens zu befördern. Schlagen nach dem Ball war verboten.

Neben dem Lehrer befanden sich noch zwei Praktikanten, angehende Pädagogen, in der Schulturnstunde. Die drei lehnten sich an der Seite des Turnraumes an die Wand und unterhielten sich miteinander, während zwei Mannschaften gegeneinander Rollball spielten. Zu Beginn, nach der Einführung des Spiels, ahndete der Lehrer das Schlagen des Balles noch mit einem Freistoß für die gegnerische Mannschaft. Diese Regelung wurde aber zusehends ignoriert, so dass es häufig zum Schlagen nach dem Ball kam. Die Abwehrspieler befanden sich auf den Knien, während manche der Angreifer meist stehend agierten.

Wolfgang Schöllhammer war derjenige Spieler der die schärfsten Schüsse abfeuerte. Er befand sich im Stand und zog beim Eindreschen auf den Ball immer voll durch. Längst hatte es Schulleiter Ostertag aufgegeben, das Schlagen mit der Faust mit einem Freistoß zu bestrafen. Der Ball flog hin und her. Franz war als Abwehrspieler beschäftigt und Wolfgang zog wieder einmal voll durch. Dabei biss er sich, wie immer wenn er sich anstrengte, auf die Unterlippe. Im Eifer des Gefechts traf er plötzlich Franz an der rechten Schläfe. Franz verspürte augenblicklich einen starken Schmerz und weinte leicht. Dies war man von Franz nicht gewohnt, denn er war immer hart im Nehmen, besonders im Sport. Ganz erschrocken unterbrach Lehrer Ostertag das Gespräch, das er mit den beiden Praktikanten am Rande der kleinen Halle geführt hatte. Er kam auf den am Boden kauernden Schüler zu. „Was ist los?", wollte der Schulleiter wissen.

Weinerlich antwortete der niederkauernde Schüler: „Mich hat ein Faustschlag von Wolfgang getroffen." Er deutete auf die Stelle an der rechten Schläfenseite, an der er einen starken Schmerz verspürte. Ostertag bückte sich zu dem Jungen herunter, schob mit den Händen die Haare beiseite untersuchte den Kopf, und sagte: „Da ist keine Verletzung zu sehen. Beiß auf die Zähne und spiel weiter. Die Schulstunde ist ja bald zu Ende". Er drehte sich um und ging wieder zu den beiden Praktikanten an den Rand des Raumes zurück. Für Franz waren die restlichen zehn Minuten Spielzeit eine Tortur. Die Kopfschmerzen wurden immer heftiger, er weinte.

Mit Horst, einem Schüler aus der Klasse über ihm, der auch in der Schulsportstunde dabei gewesen war, hatte Franz schon vor Beginn der Stunde vereinbart, dass er mit diesem nach dem Schulunterricht nach Hause gehen werde, um eine Klarinette, die Horst probeweise vom Musikverein erhalten hatte, abzuholen. Franz wollte das Spielen auf diesem Musikinstrument im örtlichen Musikverein erlernen. Einen Test, ob er sich hierfür eignete, hatte er schon erfolgreich absolviert. So ging Franz mit Horst trotz seiner Kopfschmerzen mit nach Hause. Horst wohnte am anderen Ende des Dorfes.

Auf dem Rückweg ans östliche Ende von Scheulenfeld wurden die Kopfschmerzen von Franz so stark, dass sich in seinem Empfinden die Häuser links und rechts der Straße zu Konturen verwischten. Er nahm seine Umgebung nur noch schemenhaft wahr. Franz vermochte die letzten Meter bis zum Haus seiner Großeltern nur mit Ach und Krach zu bewältigen. Kaum im Haus der Großeltern angekommen, musste er sich übergeben. Die mitgebrachte Klarinette packte er zwar noch aus, doch um darauf erste Töne zu spielen, war ihm nicht mehr zumute.

Franz konnte sich nicht mehr aufrecht halten, er legte sich aufs Sofa im Wohnzimmer und schlief ein.

Einige Zeit später kam der Großvater nach Hause. „Was ist mit Franz los?", wollte er wissen. Großmutter erklärte ihm, dass Franz nach einem Schlag im Schulsportunterricht über Kopfschmerzen geklagt und sich vor kurzem übergeben habe.

„Dann ist es besser, wir schicken ihn ins Bett", meinte darauf Johann Schweizer. Der alte Bauer versuchte Franz durch Rütteln zum Aufstehen zu bewegen. Doch der rührte sich nicht. „Weißt du was, der ist bewusstlos", mutmaßte die gebückt dastehende alte Frau.

„Dann gehe ich sofort und hole den Doktor", und Schweizer schwang sich auf sein Moped.

Der Hausarzt erkannte sofort den Ernst der Lage und alarmierte den Krankenwagen, bevor er überhaupt nach dem Jungen sah.

Die beiden Sanitäter des Krankenwagens trugen Franz zum Krankenwagen, dessen Kopf haltlos nach unten hing.

Im Krankenhaus wusste Chefarzt Dr. Siegfried Katzenmaier sofort, dass es sich um eine schwere lebensbedrohliche Verletzung handeln musste, denn beide Pupillen waren weit und blieben auch bei Lichteinfall weit. Auch als er einen starken Schmerzreiz setzte, um so zu prüfen, ob der Patient Beine oder Arme bewegt, und dies nicht der Fall war, war es ihm ein Beweis dafür, dass der Junge zu sterben drohte. Bei der Röntgendiagnostik konnte er eine Schattierung erkennen, die darauf hindeutete, dass eine Einblutung ins Venengeflecht der Schädelbasis stattfand. Ihm war klar, dass er den Jungen eigentlich in die neurochirurgische Abteilung der Universitätsklinik nach Tübingen bringen müsste, doch dafür würde die Zeit mit Sicherheit nicht ausreichen. Viel zu groß war die Zeitspanne zwischen dem Schlag in der Schule und der Einlieferung ins Krankenhaus. Zweifelsfrei würde der Tod eintreten, bevor man das mehr als vierzig Kilometer entfernte Tübingen erreichte. Der Junge befand sich in akuter Lebensgefahr.

Es musste schnell gehandelt werden. Obwohl das kleine Kreiskrankenhaus für eine so schwere Operation weder eingerichtet war, noch Chefarzt Dr. Katzenmaier die dafür nötige Erfahrung besaß, wagte sich der Arzt mit seinem Team an die fast unmögliche Aufgabe, dem Jungen das Leben zu retten.

Schwestern und Ärzte rannten durch die Flure des Krankenhauses. Im Operationssaal bereitete sich Dr. Katzenmaier auf die Notoperation vor.

Kaum hatte er den Schädelknochen des kahlgeschorenen Kopfes des Patienten ein Stück weit geöffnet, spritzte das Blut mit ungeheurem Druck aus der Schädeldecke empor.

Quälende Stunden des Wartens im Gang vor dem OP-Saal für Franz' Vater begannen. Er bekam mit, dass das Personal sich in einer ausgesprochenen Stresssituation befand, wie OP-Schwestern und Ärzte aufgeregt umherliefen. Immer wieder eilte einer der Ärzte oder Krankenschwestern an ihm vorbei, blutverschmiert. Auf seine

Frage: „Was ist mit meinem Sohn?", bekam er entweder keine Antwort oder ihm wurde gesagt: „Es ist eine schwierige Operation, deren Ausgang noch vollkommen offen ist. Ihr Sohn ist in höchstem Maße lebensbedroh- lich verletzt. Mehr können wir noch nicht sagen".

Franz´ Vater, der schon damals, als er und seine Frau ihren Jungen zu seinen Schwiegereltern gaben, daran zweifelte, ob dies der richtige Weg sein würde, machte sich nun Gedanken darüber, ob die damalige Entschei- dung nicht verkehrt gewesen war. Bedeutete dies nun die Strafe dafür, dass sie ihren Sohn weggaben?

Nach endlos langer Zeit des Wartens im Gang des Kran- kenhauses – es war zwischenzeitlich weit nach Mitter- nacht – kam das Operationsteam blutverschmiert aus dem Operationssaal. Chefarzt Dr. Katzenmaier sah aus, als käme er aus einem Schlachthaus. Mit langsamem Schritt, erschöpft und sichtlich gezeichnet von dem durchgeführten Eingriff, trat er auf den wartenden Vater zu.

„Wir haben eine Operation durchführen müssen, welche in diesem Krankenhaus eigentlich gar nicht möglich ist. Ihr Sohn ist sehr schwer verletzt. Er hat von dem Schlag in der Schule ein Schädelhirntrauma erlitten. Ohne die Operation wäre er längst tot."

Schöpfel vermochte kaum noch zu atmen. Hilflos starrte er, die Hände aufeinander gelegt, den Arzt an.

Dr. Katzenmaier erklärte: „Zwischen Hirnhaut und Schä- deldecke am Kopf Ihres Sohnes ist durch den Schlag in der Schule, der höchst gewaltsam gewesen sein muss, ein Einriss, eine Blutung, entstanden. Durch diesen Ein- riss eines arteriellen Blutgefäßes mit rascher Zunahme der Einblutung kam es zu zunehmendem Druck auf das umgebende Gehirn.

Eine solche epidurale Blutung bedurfte einer sofortigen neurochirurgischen Intervention. Der Schädelknochen musste geöffnet werden und das Hämatom operativ entfernt, das heißt, das Blut ausgeräumt werden. Gleichzeitig musste das blutende Gefäß verschlossen werden."

Dr. Katzenmaier blickte müde, aber sehr ernst, als er fort fuhr: „Die Blutungen üben Druck auf das Gehirn aus, in dem die Blutung zu einer Ausbeulung der harten Hirnhaut in Richtung des Gehirns führt. Nimmt die Blutung zu, hat es die Tendenz, das Hirn zu erdrücken. Hirnschwellung und Hirnödem führen dazu, dass Hirngewebe fortschreitend untergeht."

Hermann Schöpfel war grenzenlos müde und gleichzeitig aufs Äußerste erregt. Er konnte sich kaum noch aufrecht halten. Er rieb sich mit Daumen und Zeigefinger die Augen.

Stirnrunzelnd und erschöpft von dem ungewohnten schwierigen Eingriff erklärte ihm der Chefarzt: „Das Gefährliche an der Gehirndrucksteigerung ist, dass das Hirn von dem festen knöchernen Schädel umschlossen ist. Durch eine Zunahme des Blutes durch eine Blutung, führt dies zu einer Schwellung, also der Zunahme des Hirnes und damit zu einer Drucksteigerung. Ohne Behandlung führt die Blutung zum Tode."

Hermann Schöpfel strich sich mit zitternder Hand über seine schweißnasse Stirn. Ihm schien in diesem Moment klar zu werden, dass das Gehirn seines Sohnes Schaden genommen haben könnte.

„Sollte mein Sohn überleben, wird er bleibende Schäden davontragen?"

„Wie gesagt", erklärte der Mediziner erschöpft, „durch die Größenzunahme der Einblutung kommt es zunehmend zum Druck auf das umgebende Gehirn." Dr. Katzenmaier sprach nach einer kleinen Pause weiter: „Wenn ein epidurales Hämatom, eine Blutung, rechtzeitig einer entsprechenden Behandlung zugeführt wird, stehen die Chancen gut, dass keine begleitenden Hirnverletzungen vorliegen und keine substanzielle Hirnschädigung eintritt." Der Chefarzt stöhnte hörbar. „Bei ihrem Sohn hat es leider viel zu lange gedauert, bis er ins Krankenhaus kam."

Ohne auf die vorherige Frage von Hermann Schöpfel weiter einzugehen, ließ er dies so im Raum stehen. Hermann Schöpfel konnte es sich nun selbst ausmalen, dass mit bleibenden Schäden seines Sohnes zu rechnen war.

„Wir wissen nicht ob er durchkommt. Ihr Junge befindet sich in tiefer Bewusstlosigkeit. Chefarzt Dr. Katzenmaier atmete schwer. „Es kann sein, dass ihr Sohn die Nacht nicht übersteht."

Hermann Schöpfel durfte einen Blick in den Operationssaal werfen. Die Wände, der Boden, die Liege, selbst die Decke des OP`s waren mit Blut bespritzt und verschmiert. Dann führte ihn der Chefarzt auf die Intensivstation zu seinem Kind.

Als Hermann Schöpfel seinen Spross mit Kabeln und Schläuchen am Kopf und am Leib erblickte, schien es ihm, als würde ihm die Kehle durchschnitten. Sein Herz zog sich zusammen.

Es kam ihm vor, als sei der Kopf seines Jungen doppelt so groß wie im Normalzustand. Dieser Schock ließ in unvermittelt in Tränen ausbrechen.

In der Nacht bekam der Operierte hohes Fieber. Die Temperatur von 41,5 ° Grad Fieber lag schon sehr nahe an dem Grenzwert, der unweigerlich zum Tod führt. Krampfhaft versuchte das Personal der Intensivstation gegen das Fieber anzugehen. Jetzt können wir nur noch eines versuchen," erklärte der diensthabende Arzt. „Wenn dies auch nichts nützt, wird der Junge sterben." Man wickelte den leblosen nackten Körper in ein mit eiskaltem Wasser genässtes Leintuch ein und sorgte für einen Durchzug mit kalter Luft. Draußen tobte in diesem Moment ein heftiger Sturm mit Graupelschauer.

Glücklicherweise ging die Körpertemperatur bei dem Jungen daraufhin etwas zurück. Das Bangen der Ärzte und der Angehörigen um das Leben des Verletzten ging jedoch weiter.

Abwechselnd verbrachten die Eltern von Franz Schöpfel die Tage und Nächte am Bett ihres Sohnes. Die Klassenlehrerin von Franz, Fräulein Hedwig Fischer, löste die Schöpfels an manchen Abenden ab und wachte am Bett ihres Schülers nächtelang. Ihr ging das Schicksal von Franz besonders nahe. Hatte sie ihm doch eine große Zukunft prophezeit.

Fräulein Fischer hatte bereits das 60. Lebensjahr überschritten. Sie lebte mit Leib und Seele mit und für „ihre Kinder". In ihrer kleinen Wohnung im Dachgeschoss des Schulhauses, wohnte sie ganz allein. Bei der Schule hatte sie aus einem verwilderten Garten, trotz einer Gehbehinderung, eine blühende Oase angelegt. Sie lebte nicht nur gesund, sondern ernährte sich auch fast ausschließlich von Produkten aus ihrem eigenen Garten. Darüber hinaus bestand ihr Garten aus einem Blütenmeer.

Es fiel ihr schwer, sich im Unterricht zu konzentrieren, wenn sie wieder mal eine Nacht im Krankenhaus am Bett von Franz gewacht hatte. Zu sehr war sie in Gedanken bei dem Verletzten. Gemeinsam mit der Klasse betete sie für das Leben ihres Schülers.

Wolfgang Schöllhammer, der in Gedanken versunken mit traurigen, verweinten Augen in der Klasse saß, tat ihr leid.

Die Ungewissheit, ob es gelingen würde, Franz wieder ins Leben zurück zu holen, zehrte mit jedem Tag seines Koma-Zustandes mehr an der Gemütsverfassung von Hermann und Hedwig Schöpfel. Sie bangten um das Leben ihres drittältesten Kindes, machten sich Sorgen, und befürchteten, dass ihr Sohn bleibende körperliche oder geistige Schäden davontragen würde.

Die Bevölkerung von Scheulenfeld, insbesondere die Nachbarn, Verwandten und Freunde der Familie Schöpfel nahmen Anteil am Schicksal von Franz und manche fieberten mit ihnen in den Tagen des Hoffens und Bangens mit.

Doch es gab auch andere: Eine Mitbürgerin schlurfte am Haus von Schöpfels vorbei und sprach die Mutter von Franz an, nicht etwa, weil sie die sorgenvolle Mutter aufmuntern wollte, sondern aus Neugier: „Wie geht es deinem Franz?"

„Man kann noch gar nichts Genaues sagen, auch nach mehreren Tagen im Koma ist noch nicht abzusehen, ob er wieder zu sich kommt", antwortete Hedwig Schöpfel.

Die unsensible Frau schniefte durch die Nase und schleuderte der Mutter von Franz entgegen: „Wenn Franz stirbt, ist dies ja nicht so schlimm, ihr habt ja noch mehrere Söhne. Schlimmer hätte es uns getroffen, wenn unserem Manfred so etwas zugestoßen wäre; er ist unser einziger Sohn." Was für ein Trost?

Hedwig Schöpfel drehte sich wort- und sprachlos um und ließ die Frau stehen.

Franz` Eltern hatten es sich so ausgemalt gehabt, dass Franz nach Abschluss seiner Schulzeit von den Großeltern wieder nach Hause ins Elternhaus ziehen und eine landwirtschaftliche Ausbildung absolvieren und später den Hof übernehmen sollte. Bewusst ließ man ihn nicht die Oberschule besuchen, weil man ihn als Hofnachfolger auserkoren hatte.

Auch Franz hatte mit dieser persönlichen Ausrichtung geliebäugelt, wenn er auch ganz andere Pläne im Hinterkopf hatte. Für ihn schien eine Ausbildung auf dem elterlichen Hof die idealste Möglichkeit zu sein, als Auswahlspieler des Württembergischen Fußballverbandes oder als Kadermitglied des Schwäbischen Skiverbandes in der nordischen Kombination oder bei Leichtathletik-Lehrgängen freigestellt zu werden.

Dies wäre bei einem gewerblichen oder kaufmännischen Bildungsgang in einem Betrieb nicht so ohne weiteres möglich gewesen.

Sein Ziel war ganz klar, sich als Sportler einen Namen zu machen, am liebsten professionell Fußball zu spielen. Das Talent hierzu war ihm schon von verschiedenen Seiten attestiert worden.

Mit glattrasiertem Kopf lag der Patient wie ein Häufchen Elend auf der Intensivstation in seinem Krankenbett. Hermann Schöpfel, der am Bett seines Sohnes saß, kamen die 14 Tage, die seit dem Unfall und der Operation seines Sohnes vergangen waren, wie eine Ewigkeit vor. Seine verzweifelnden Worte, den Bewusstlosen mit seiner Ansprache wieder ins Leben zurück zu holen, schienen keine Früchte zu tragen.

Plötzlich nahm der Vater ein kurzes Blinzeln seines Sohnes wahr. Dies war das erste Anzeichen, dass Franz aus seiner tiefen Bewusstlosigkeit wieder erwachte.

Für Franz Schöpfel selbst stellte sich das Erwachen aus dem Koma nach 14 Tagen nicht so schlagartig ein, wie sich dies für seine Angehörigen oder die Ärzte und für das Pflegepersonal darstellen mochte.

Eine ganze Reihe von Ärzten und Krankenschwestern standen um ihn herum, als Chefarzt Dr. Katzenmaier drei Finger in die Höhe reckte und von Franz wissen wollte, wie viele Finger er sehe. Wahrheitsgemäß antwortete er „drei". Dabei tat er sich mit sprechen äußerst schwer. Sein Mund hing auf einer Seite schief nach unten.

Dass schräg daneben noch einmal diese drei Finger als Doppelbild zu sehen waren, erkannte er noch nicht. Erst später stellte er fest, dass es alles doppelt sah, weil sein rechtes Auge in eine Schieflage nach rechts geraten war.

Doch was noch schlimmer war, Franz war linksseitig spastisch gelähmt.

Für die Eltern von Franz brach eine Welt zusammen. Ihre Zukunftsplanungen mit der Hofübergabe an ihren Sohn waren über den Haufen geworfen.

Alles um ihn herum nahm Franz wie in Trance wahr. Am Ostermontag besuchte ihn seine gesamte Schulklasse mit Fräulein Fischer im Krankenzimmer. Besonders liebevoll redete seine Schulkameradin Hilde mit ihm. Im Unterbewusstsein bekam er mit, wie sie ihn mit liebevollen Worten tröstete und ihm dabei übers Gesicht strich.

Er nahm auch Notiz davon, dass im Zimmer ein Junge aus einer Nachbargemeinde lag, der weinte und immer wieder stammelte: „Was ist mit meinem Bruder, ist er

73

tot?" Er und sein Bruder waren mit dem Schlepper ihrer Eltern in steilem Gelände verunglückt. Diesem verletzten Jungen wollte man in Anbetracht seiner eigenen schweren Verletzungen noch nicht die Wahrheit über den Tod des Bruders sagen. Dies alles nahm Franz im Unterbewusstsein auf. Es kam ihm vor, als handle es sich bei seiner Situation um einen schlechten Traum. Ihm kam das ganze Geschehen um ihn herum unwirklich und unrealistisch vor.

In diesem Dämmerzustand war Franz jedoch klar, dass er aufgrund des Schlages von Wolfgang im Schulsportunterricht verletzt worden war. Daran und dass Lehrer Ostertag ihn aufgefordert hatte, auf die Zähne zu beißen und weiter zu spielen, erinnerte sich Franz in seinem halbwachen Zustand genau.

74

10 Eine unwirklich erscheinende Welt

Auch noch am 24. April, als Franz nach Tübingen in die Kindernervenklinik verlegt wurde, glaubte er noch, zu träumen. Ihm kam alles wie ein Albtraum vor. Nach und nach wurde ihm bewusst, dass dies alles nackte Wahrheit und Wirklichkeit war und er für sein gesamtes weiteres Leben gehandicapt sein würde.

Nachmittags sehnte er den Zwei-Uhr-Glockenschlag herbei. Die Besucher – sein Vater oder seine Mutter waren auf öffentliche Verkehrsmittel angewiesen – wurden erst Punkt vierzehn Uhr in die Klinik gelassen. Dies bedeutete, dass sie oft länger als eine Stunde vor verschlossenen Türen vor der Klinik warten mussten.

Wenn sich dann die Tore für den Besuch öffneten, starrte Franz gebannt zur Zimmertür, wer wohl heute auftauchen würde. Mutter oder Vater? Bekam er an einem Tag keinen Besuch, so war er untröstlich. Er hatte in dieser Zeit sehr nah ans Wasser gebaut. Schon bei jeder Kleinigkeit brach er in Tränen aus.

In Tübingen in der Klinik herrschte nicht die heimelige Atmosphäre wie sie im kleinen Kreiskrankenhaus auf der Alb bestanden hatte.

Das Personal, fast nur ältere Krankenschwestern vom „Alten Schlag", war meist unfreundlich und kurz angebunden. Junge Frauen und Mädchen als Krankenschwestern gab es selten.

Zu seiner spastischen Halbseitenlähmung bestanden psychische Auffälligkeiten mit Affektlabilität und einer hochgradigen Affektinkontinenz. Franz versank in Hoffnungslosigkeit und Selbstmitleid. Er zweifelte, ob er jemals wieder würde gehen können? Franz war klar, dass er seine sportlichen Ambitionen würde niemals mehr verfolgen können.

Franz` Vater erzählte bei seinen Besuchen von der Arbeit in der Landwirtschaft, im Haus und auf dem Feld. „Du musst jetzt wenigstens nicht Rüben, Kohlrüben und Kartoffeln hacken helfen und brauchst auch nicht mit anpacken, wenn es darum geht, in den Getreidefeldern Disteln zu jäten", sagte er mild lächelnd.

Franz erinnerte sich daran, wie ungern er und seine Geschwister diese mühseligen Verrichtungen immer bewerkstelligt hatten. „Wenn ich nur gesund wäre, ich würde all diese unliebsamen Schindereien liebend gerne und ohne zu murren auf mich nehmen."

Franz` Vater konnte dies nur allzu gut verstehen.

Fast jeden Tag um die Mittagszeit zog der Geruch von dampfendem Reis in das Krankenzimmer. Wie hasste er Reis. Sollen sie den doch den hungerleidenden Völkern überlassen. Reis war eines der wenigen Nahrungsmittel, die er absolut nicht mochte. Und schon gar nicht, wenn er so zusammengeklebt serviert würde wie in dieser Klinik. Wie sehr sehnte er sich nach einem schmackhaften Essen mit Kartoffeln oder wenigstens mit Spätzle oder Nudeln. Er konnte den Reisgeruch fast nicht mehr ertragen.

Bei den anderen Patienten handelte es sich um Kinder mit den verschiedensten Nervenkrankheiten. Franz sah von seinem Zimmer aus, wie ein geistig verwirrter Junge nackt herum lief und komische Laute von sich gab. Er nahm wahr, dass Bettnässer und Kinder mit epileptischen Anfällen in der Klinik aufgenommen waren. Auch solche, welche nach einer Gehirntumoroperation nachbehandelt wurden, befanden sich in der Einrichtung. Da-

zu kamen noch Kinder mit schweren Verhaltensauffällig-
keiten.

Ein Junge mit derartigen Defiziten benahm sich, als
Franz Besuch von seinem Lehrer, von Schulleiter Ostertag, bekam, diesem gegenüber unflätig. Franz bekam
bei seiner offenstehenden Zimmertür mit, wie der unge-
zogene Junge Ostertag nach dessen Namen fragte, was
dieser mit

„Ostertag" beantwortete. Darauf lachte der Bub: „Ha,
Osterhase, Osterhase."

Franz war ein solches Benehmen gegenüber seinem res-
pektierten Lehrer, der sich sichtlich lächerlich gemacht
vorkommen musste, sehr peinlich und schämte sich für
den anderen Patienten.

Unsicher betrat Lehrer Ostertag das Krankenzimmer von
Franz. Er hatte ein Tonbandgerät dabei. Er ließ es sich
nicht anmerken, dass ihm der Anblick seines Schülers
einen leichten Schock versetzte. Franz, immer noch mit
kahlgeschorenem Kopf mit einer langen bogenförmigen,
noch frischen Narbe an der rechten Schläfe bot ihm ein
Bild des Elends. Franz trug eine Brille, bei der das Bril-
lenglas des linken Auges matt war. Damit sollte die ent-
standene Schielstellung des rechten Auges korrigiert
werden.

Ostertag stellte das Tonbandgerät an und Franz vernahm die Worte seines besten Freundes Heinz: „Wir sind
alle noch entsetzt von deinem schweren Unfall und hof-
fen, dass du wieder ganz gesund wirst. Du fehlst uns in
unserer Klasse sehr. Ich hoffe, dass du bald wieder mit
uns Fußball spielen und unsere Klassengemeinschaft be-
reichern wirst. Dir lieber Franz von uns allen, alles Gute
und beste Genesungswünsche." Franz weinte bitterlich.

77

Franz' Klassenlehrerin, Fräulein Fischer, hatte veranlasst, dass alle Mädchen und Jungen seines Schuljahrganges Franz einen Brief schrieben.

In einem Päckchen verpackt überreichte ihm Ostertag die Briefe. Die meisten erzählten in ihren Briefen von den Geschehnissen in der Schule und im Dorf, erzählten von blühenden Wiesen und vom bevorstehenden wärmenden Sommer.

Während draußen der Frühling mit aller Macht in den Sommer überging, lag er, Franz, machtlos und auf Hilfe angewiesen, im Bett.

Eine unwirklich erscheinende Welt, deren Existenz er nie erahnt hatte. Als Sportler und Siegertyp hatte er ein solches mögliches Szenario verdrängt. Sein Leben war ohne Vorwarnung von einem auf den anderen Moment durch einen Schlag vollständig umgekrempelt worden. Seine Zukunftsperspektiven waren von hundert nahezu auf null drastisch gesunken.

Franz plagte großes Heimweh. Er lag sich im Laufe seines Klinikaufenthaltes an mehreren Stellen seines Körpers wund. Während die meisten anderen Patienten der Klinik die Möglichkeit hatten, in einem Therapiehaus, einem Gebäude neben der Klinik, gemeinsam sich zu Spielen und kleineren sportlichen Wettkämpfen oder zum Basteln zu treffen, musste er, ständig allein, in seinem Krankenzimmer das Bett hüten.

Jeden Tag starrte er stundenlang zum Fenster seines Klinikzimmers hinaus, sah nicht-enden-wollenden Verkehr, sah Autos, Motorräder und Fahrradfahrer. Er erblickte hastende Menschen mit Einkaufstüten, sah fröhliche, miteinander plaudernde Alte und Junge, Mädchen und Buben, Frauen und Männer. Die Ungewissheit, ob er jemals würde wieder gehen können, und die Angst vor der Zukunft machte ihn traurig.

Eines Morgens sagte seine Physiotherapeutin: „In der morgigen Krankengymnastik werden wir versuchen aufzustehen und vielleicht ein paar Schritte zu gehen."

Franz freute sich und konnte es nicht erwarten, bis es so weit war. Als die Krankengymnastin gegangen war, dachte er, „mein rechtes Bein ist gesund, auf das kann ich ja stehen. Ich probiere dies schon mal selbst." Er setzte sich auf den Rand des Bettes und wollte sich auf seinen gesunden Fuß stellen. Aber die Kraft in seinem gesunden Bein war vollkommen gewichen, er sank in sich zusammen und krachte auf den Boden.

In vielen schwierigen Wochen unermüdlichen Übens lernte Franz wieder wie ein Kleinkind gehen. Er hatte zwar an Hand und Fuß linksseitig eine Lähmung, wodurch er hinkte und den linken Fuß nachzog, aber er konnte wieder gehen.

An vielen Tagen und in zahlreichen Nächten stellte er sich seine Rückkehr ins Heimatdorf und ins Elternhaus vor.

Der Sommer war beinahe schon vorbei, als er endlich nach Hause durfte.

11 Tiefes dunkles Tal: Heimweh

Franz freute sich, wieder im Heimatort und endlich auch wieder im Elternhaus sein zu dürfen. Abrupt hatte die Ära, in der er bei seinen Großeltern wohnte, geendet. Zwischenzeitlich war das Wohnhaus der Familie Schöpfel durch den Tod der Großmutter um ein Zimmer größer geworden.

Franz spürte wieder, dass es ein Leben außerhalb der Klinik gab, und an dem wollte er teilhaben, so gut es ging.

In der Schule konnte er zwar in seine alte Klasse einsteigen, aber zunächst musste er erst in einfache Dinge wie Multiplizieren und Dividieren wieder eingeführt werden. Auch sonst fiel es ihm schwer, dem Unterricht über mehrere Stunden angestrengt folgen zu können. War er etwas lange dem Sonnenschein ausgesetzt oder in einem Raum, in dem geraucht wurde, so bekam er Kopfschmerzen.

Es war ein nasskalter nebliger Novembertag. Franz wurde zu einem zwölfwöchigen Rehabilitationsaufenthalt nach Wildbad in den Schwarzwald gefahren. Die dunklen finsteren Tannenwälder des Nordschwarzwaldes wirkten auf Franz bedrohlich. Je weiter und tiefer die Fahrt ins Enztal führte, desto bekümmerter wurde Franz.

Während Scheulenfeld auf einer freien Hochfläche lag, den Blick in die Weite frei gab und die Sicht bei idealem Wetter bis zur Alpenkette reichte, befand sich sein Kurort eingeschnitten in einem tiefen engen Tal. Beide Hangseiten, mit hohem Tannenwald von der Talsohle bis auf die Höhe bewachsen, sorgten dafür, dass sich Franz niedergeschlagen fühlte. Die dunklen Nadelbäume und die Talenge wirkten auf Franz` Gemüt erdrückend. Das trübe Winterwetter, das einen Großteil des Aufenthalts anhielt, trug im Übrigen dazu bei.

Der zurückliegende Winter war klirrend kalt gewesen und über Monate lag durchgehend viel Schnee. Diese neue kalte Jahreszeit aber zeigte sich als weitgehend trist und verregnet. Der Gedanke an frühere Jahre, wo er immer glückliche Weihnachtsfeiern im Kreise der großen Familie zu Hause erleben hatte dürfen, machte ihn freudlos und wirkte auf ihn niederschmetternd.

Schlimm empfand Franz die Chefarztvisiten. Sechs Personen in Weiß standen um ihn herum: Chefarzt, Oberarzt, Stationsarzt, Pflegedienstleitung, Schwester und Physiotherapeut. Über Franz, den Patienten wurde als „Fall" in der dritten Person gesprochen. Er wurde behandelt, als ob er überhaupt nicht anwesend wäre. Tiefe Depression erfasste den Jungen. Herzzerreisendes Heimweh machte ihm zu schaffen. Franz empfand seine Situation als hoffnungslos, traurig und bedrückend. In seiner Verzweiflung schrieb er einen Brief an seine Eltern, in dem er androhte, abzuhauen. Eigentlich erwog er diesen Schritt nicht wirklich, aber in seiner Verzweiflung schrieb er fürchterliche Dinge und machte dabei eine Unmenge Rechtschreibfehler, die insbesondere seinen Vater nicht mehr ruhig schlafen ließen.

Zum Glück hatte er in seinem Zimmerkollegen Günter Zimmermann, einem erst zehnjährigen Wuschelkopf, einen gutartigen Menschen gefunden. Immer wenn Franz eine Aussage seines Weggefährten anzweifelte, nahm dieser die rechte Hand und führte einen Finger nach dem anderen zum Mund und sagte: „Ich lüge Gott nicht an". Dies sei, wie er erklärte, der katholische Schwur. Immer wieder wiederholte sich diese Zeremonie. Plötzlich wurde Franz bewusst, dass der fremde

81

Junge etwas hatte, was er selber nicht mehr besaß: Den Glauben an Gott.

Zwar hatte sein Vater im Kleinkindalter abends auch mit ihm und seinen Geschwistern ein Gebet gesprochen und die Großeltern, wenn er sich abends ins Bett verabschiedete, ihn gemahnt, „Franz, bete auch noch". Aber er hatte dann stets gedacht, sein sportliches Können und seine Erfolge seien allein auf seinen Trainingsfleiß und seinen Ehrgeiz zurückzuführen, und hatte den Gedanken an Gott bei Seite geschoben.

Franz fand auf diese Weise durch seinen Mitbewohner zu einer tiefen Glaubensüberzeugung.

Mit der Erkenntnis, dass Gott in sein Leben getreten war, und erleichtert, dass er wieder freie Sicht auf die Landschaft hatte, durfte er nach mehr als einem Vierteljahr endlich wieder auf die Schwäbische Alb nach Hause.

12 Freunde verloren

Franz musste erfahren, dass es Menschen gab, die ihn spüren ließen, dass er nicht mehr vollwertig war. Manchmal gewann er den Eindruck, dass es für einige sogar eine Genugtuung darstellte, wenn sie ihn aus der Clique von früher ausgrenzen konnten. Und etliche labten sich sogar an Franz' Schicksal. Doch dies waren in erster Linie solche, die Franz schon früher seine Erfolge, vor allem im Sport, neideten.

Der Freundeskreis von Franz war spürbar kleiner geworden. Ein paar seiner früheren Freunde und Kameraden grenzten ihn kaltschnäuzig und gefühllos aus. Der geschädigte Junge machte, was seine Gesundung betraf, enorme Fortschritte. Er zog zwar beim Gehen den linken Fuß nach, aber er wollte an allem, was die anderen taten, auch teilhaben und mitmachen. Im Sportunterricht der Schule zeigte sich, dass Franz wieder schneller laufen konnte als die Langsamsten seiner Klasse.

Zweimal wöchentlich musste Franz zur Physiotherapie in die zehn Kilometer entfernte Kreisstadt. Sein Krankengymnast, der auch als Masseur arbeitete, war von Geburt an blind. Wohl deshalb ging er mit seinen Händen sehr gefühlvoll um. Franz war zwar nicht blind, dafür aber sah er seit seinem Unfall alles doppelt. Während Franz auf dem Hinweg zur Therapie mit öffentlichen Verkehrsmitteln fahren konnte, bestand erst dreieinhalb Stunden später wieder eine Busverbindung zu seinem Wohnort. Somit blieb ihm nichts anderes übrig als zu Fuß nach Hause zu marschieren. Zwar gab es eine Abkürzung, aber acht Kilometer Fußmarsch waren dennoch zu bewältigen und für ihn mit seiner Behinderung anstrengend. Es gab niemand, der ihn mit dem Auto hätte abholen können.

Weder im Elternhaus noch in der Schule genoss er Privilegien. Wie gerne hätte er sich im elterlichen Bad zum Anziehen auf einen Stuhl gesetzt oder etwa Hilfe beim Schuhe binden in Anspruch genommen. Aber für einen Stuhl war im Bad kein Platz und um die Schuhe zu binden, musste er sich eben anstrengen und mehr Zeit aufwenden als andere.

Franz` Vater sah den Unfall als Strafe Gottes an, weil er und seine Frau ihr Kind zu den Großeltern abschoben.

Die Familie hatte sich inzwischen um ein weiteres Mädchen, Karin, vergrößert.

Wenn Franz eines nicht ertragen konnte, dann waren dies Hänseleien, aufgrund seiner Behinderung, für die er nichts konnte.

Dieter Giesinger, ein Zweiundzwanzigjähriger mit pechschwarzen Haaren, war dafür bekannt, dass er oft mehr alkoholische Getränke zu sich nahm, als ihm gut taten. Er pöbelte Franz an, als er sich mit einem anderen Jugendlichen im Gang des „Rößle", dem Jugendtreff der Gemeinde, unterhielt. „Du Hinkebein", sagte er und rempelte Franz so fest an, dass dieser fast das Gleichgewicht verlor. Franz stieß den kräftigen Werkzeugmacher, in seinem „blauen Anton", von sich weg. Giesinger holte sofort zum Schlag gegen Franz aus und wollte ihn am Kopf treffen. Franz duckte sich blitzschnell, so dass der um einige Jahre Ältere kräftig gegen die Wand schlug. Franz nutzte dessen Verwirrung und verpasste dem verdutzten Alkoholisierten zwei, drei harte Faustschläge auf Mund und Nase. Blut quoll ihm aus seinem Zinken, mit seinen Händen fasste er sich an den Mund. So schnell, wie Giesinger Staub aufgewirbelt hatte, so rasch kratzte er die Kurve. Nie mehr in den nachfolgen-

84

den Jahren wurde er ausfallend gegen den Jugendlichen mit seiner Beeinträchtigung.

Sonntagnachmittags trafen sich die Gleichaltrigen vor dem Haus von Herbert Schneider. Lange wurde diskutiert, was man an diesem schönen Tag auf die Beine stellen wolle, bis man sich darauf einigte, eine Wanderung in ein Nachbardorf zu unternehmen. Franz beschlich das Gefühl, dass seine Freunde ihn nicht dabei haben wollten. Er ließ sich jedoch nichts anmerken. Er sollte sich nicht täuschen.

Bereits außerhalb des Dorfes schlug Herbert, die treibende Kraft unter den Jungen, vor, ein Stück weit, bis zum nahen Wald, im Laufschritt zu bewältigen. Franz spürte, dass er damit abgehängt werden sollte. Die Jugendlichen setzten sich in Bewegung. Franz fiel es zwar schwer, zu folgen, doch abschütteln ließ er sich nicht. Dafür aber konnte Manfred Sattelmann dem Tempo der anderen nicht mehr folgen. Er blieb zurück. Herbert sah, dass es ein unmögliches Unterfangen war, Franz auf diese Weise loszuwerden. Er entschied: „Lasst uns umkehren und unsere Fahrräder holen. Damit kommen wir schneller voran."

Alle machten kehrt und gingen nach Hause, um ihre Fahrräder zu holen, auch Franz. Danach traten die Kameraden extrem kräftig in die Pedale. Auf einem abschüssigen Waldweg, das Banntal abwärts, legten sie ein Höllentempo vor. Durch unzählige mehr oder weniger tiefe Schlaglöcher hatte Franz Mühe, mit seiner gelähmten linken Hand den Lenker festzuhalten. Er spürte, dass sie ihn loswerden wollten. Doch auf diese Weise wollte er nicht klein beigeben. Er fuhr das Höllentempo, das sie vorlegten, mit. Herbert drehte sich auf seinem Fahrrad nach hinten, um zu sehen, ob Franz immer noch folgen konnte. Franz bemühte sich, Anschluss zu

85

halten. Der Weg wurde immer steiler und unebener. Plötzlich entglitt Franz der Lenker aus der linken Hand und er stürzte. Die Freunde bekamen dies in ihrem Drang, sich möglichst schnell zu entfernen, offenbar nicht mit, denn sie fuhren weiter.

Mühsam richtete sich der Gestürzte auf. Er blutete an Knien und Ellenbogen und hatte die rechte Hand aufgeschürft. Dann ließ er seinen Tränen freien Lauf und weinte hemmungslos.

Trafen sich die Gleichaltrigen auf dem Sportplatz, um Fußball zu spielen, wollte Franz auch mitspielen. Wie ein Keulenhieb traf ihn dann die Aussage von Bernhard Reich, dem Wortführer der Jungen, der entschied: „Franz, du darfst nicht mitspielen, sonst geht dir wieder der Ball an den Kopf. Diese Verantwortung kann ich nicht übernehmen." Franz wunderte sich, dass Bernhard davon sprach, ein Ball habe die Verletzung verursacht.

Erst Jahre später wurde ihm bewusst, dass diese Aussage daher rührte, dass Lehrer Ostertag in der Schule immer davon sprach, die Verletzung von ihm, Franz, habe ihren Ursprung darin, dass ihn ein Ball am Kopf getroffen habe.

Bernhard Reich ahnte offensichtlich nicht, wie verletzt sich Franz vorkommen musste, dadurch, dass Bernhard ihm verweigerte, ihn mitspielen zu lassen.

Franz wurde einmal mehr bewusst, dass er durch den Schulunfall nicht nur Freunde verloren, sondern auch an den Rand der Gesellschaft geraten war.

In solchen Momenten suchte Franz im Gespräch mit Gott Trost und Zuversicht.

Zu dieser Lebensbejahung und dem positiven Zukunftsglauben trug auch bei, dass er bei seiner Konfirmation einen sehr schönen Denkspruch bekommen hatte, wie er meinte, den schönsten, den er sich denken konnte.

Der Pfarrer hatte damals im Konfirmandenunterricht für die 30 Konfirmanden die Kärtchen, auf denen sich jeweils ein Denkspruch befand, in einen Hut gelegt und jeder Konfirmand hatte einen Spruch ziehen dürfen. Franz´ Spruch lautete: „Ich will dich segnen und du sollst ein Segen sein".

Instinktiv spürte Franz, dass dies eine Verheißung Gottes sein musste und dieser mit ihm noch etwas vor hatte.

13 Es droht Verjährung

Die Eltern von Franz warteten auf eine Entschädigung für die erlittenen Schäden ihres Sohnes, welche ihn wohl lebenslang würden beeinträchtigen werden. Aber nichts tat sich.

Zu Franz' Vater sagte der Schulleiter nach dem Unfall in der Singstunde des Gesangvereins, dessen Chorleiter Ostertag war, es wäre nicht notwendig, in der Unfallsache etwas zu unternehmen, der Vorfall wäre bei den entsprechenden Stellen gemeldet und wegen einer Entschädigung liefe bereits alles. Hermann Schöpfel vertraute der angesehen Lehrkraft.

Zufällig kam Hermann Schöpfel dahinter, dass sich in der Unfallsache seines Sohnes nichts tat, so dass er selbst tätig werden musste. Der Referent eines Bauernseminars während der Wintermonate, ein renommierter Rechtsanwalt, gab zum Schluss seines Vortrags den Zuhörern Gelegenheit, ihm persönliche Fragen zu stellen. Dies nützte Schöpfel um die Unfallsache seines Sohnes vorzubringen.

„Wann war der Unfall?", wollte Rechtsanwalt Eger wissen. Hermann Schöpfel erklärte, dass der Unfall am 26. März 1963 gewesen sei. Eger zeigte sich entsetzt: „Dann haben Sie noch genau zehn Tage Zeit, Klage zu erheben. Nach drei Jahren wäre die Sache verjährt. Ich rate Ihnen schnellstmöglich einen Anwalt zu suchen, der Klage erhebt." Hermann Schöpfel erschrak.

Offensichtlich hatte ihn Lehrer Ostertag bewusst beruhigt und ihn angelogen, um ungeschoren aus der Angelegenheit herauszukommen.

Leider konnte Rechtsanwalt Eger die Rechtsvertretung der Familie Schöpfel in der Klagesache nicht übernehmen, weil er zu diesem Zeitpunkt nur in Verkehrsdelikten als Rechtsvertreter zugelassen war.

So mussten Schöpfels schnellstmöglich nach einem Rechtsanwalt suchen, der für sie Klage erhob.

Hermann Schöpfel war noch nie mit dem Gesetz in Konflikt geraten. Er hatte sich noch nie mit jemandem gerichtlich auseinandersetzen müssen.

Er war zwar intelligent, hatte eine hervorragende saubere Handschrift, war in deutscher Rechtschreibung fehlerfrei und auch ansonsten nicht auf den Kopf gefallen und war auch viele Jahre Mitglied im Gemeinderat von Scheulenfeld. Aber was den Umgang mit Behörden und Institutionen anbelangte, war er unbeholfen und unerfahren.

Er wusste nicht, wie er auf die Schnelle zu einem Rechtsvertreter, zu einem Rechtsanwalt, kommen sollte. Die einzige Möglichkeit schien ihm zu sein, nach Reutlingen zu fahren und in der Stadt einen Rechtsanwalt zu suchen.

Mit öffentlichen Verkehrsmitteln fuhr Hermann Schöpfel mit seinem Sohn nach Reutlingen.

Vom Reutlinger Hauptbahnhof aus machten sich die zwei auf die Suche nach einem Rechtsanwalt. Sie stiefelten in mehreren Straßen von Haus zu Haus, von Gebäude zu Gebäude und hielten nach Schildern von Rechtsanwälten Ausschau. Lediglich zwei Hinweistafeln auf Rechtsanwaltsbüros entdeckten die beiden. Einmal war es ein älterer Rechtsanwalt, der aber bedauernd ablehnte, weil er nur die Zulassung von Verfahren vor dem Amtsgericht habe. Das andere Mal war es ein Büro, das nur Steuerangelegenheiten vertrat. Niedergeschlagen und schwitzend trotteten Vater und Sohn wieder in Richtung

Hauptbahnhof. Beide taten sich schwer mit dem Gehen. Der Sohn wegen seiner Halbseitenlähmung, der Vater wegen eines Hüftleidens.

Dann endeckten sie ein Schild an einem Bürogebäude am Listplatz. Rechtsanwalt Heinrich Leißle stand darauf.

Im 4. Stock des Gebäudes musste das Rechtsanwaltsbüro sein. Erwartungsvoll stiegen die beiden die Treppen hoch. Eine junge, vielleicht 18-jährige Brillenträgerin bat die beiden Platz zu nehmen. „Der Herr Rechtsanwalt wird Sie, wenn er frei ist, hereinbitten."

Es dauerte nicht lange, da kam Herr Leißle aus seinem Büro und begrüßte Hermann Schöpfel und seinen Sohn und bat die beiden in sein Büro. Mit seiner stattlichen Körpergröße von sicherlich mehr als zwei Metern, machte er einen seriösen Eindruck. Vom Alter her konnte er wahrscheinlich noch keine große Erfahrung haben. Doch das war Hermann Schöpfel in diesem Moment egal. Hauptsache ein Rechtsanwalt.

Hermann Schöpfel brachte sein Anliegen vor und schilderte, wie aus seinem hoffnungsvollen Jungen ein Sorgenkind wurde, und dass nun angeblich Verjährung droht, wenn nicht sofort Klage erhoben wird.

Der Anwalt, der sich seiner Größe, nicht nur körperlich, sondern auch vom gesellschaftlichen Stand her bewusst zu sein schien, legte den Kopf in den Nacken.

„Na, dann wollen wir mal Klage einreichen."

„Streitwert 30.000 Deutsche Mark, geht das so in Ordnung" wollte der Zweimetermann nun von Hermann Schöpfel wissen. Was dies bedeutete, war Schöpfel in diesem Moment nicht klar, denn eigentlich ging er davon aus, dass für seinen Sohn eine komplette Entschädigung für die Folgen des Unfalles anzustreben war. Schöpfel

dachte nicht lange nach. Er bejahte die Frage des An-
waltes in der Hoffnung und im Vertrauen darauf, dass
dieser es schon recht machen werde.

Der Vorschlag des Rechtsanwaltes indes war ein Indiz
dafür, dass er völlig verkannte, dass dem geschädigten
Schüler ohne seine Unfallfolgen die Welt offen gestanden
hätte. Der Rechtsbeistand sah nur einen Knaben vor
sich, welcher offensichtlich physisch und psychisch nicht
so richtig auf der Höhe war.

Zum einen, so der Anwalt, sollte gegen das Land wegen
Aufsichtspflichtverletzung des Lehrers geklagt werden
und zum anderen gegen des beklagten Schülers Haftpflichtversicherung. "So dass wir in jedem Fall etwas
bekommen", wie der Rechtsvertreter meinte.

Hermann Schöpfel war zuversichtlich, dass sein Sohn
eine gerechte Entschädigung für seine erlittenen Schädi-
gungen erhalten würde.

Anwalt H. Leißle reichte zwei Tage später eine Klageschrift beim Landgericht Tübingen ein.

Gleichzeitig mit einer Durchschrift der Klageeinreichung
erhielt Hermann Schöpfel eine erste Rechnung des
Rechtsanwalts zugeschickt, und die hatte sich gewaschen. Zweitausendfünfhundert Deutsche Mark verlangte der Anwalt als Vorschuss für seine Klageeinreichung.
Für Schöpfel, der für seine Tätigkeit bei der Molkereige-
nossenschaft 326 Mark im Monat erhielt und ansonsten
den Lebensunterhalt seiner mehrköpfigen Familie von
dürftigen Einkünften aus seiner kleinen Landwirtschaft
bestreiten musste, stellte der finanzielle Anspruch des
Rechtsanwalts einen gewaltigen Schock dar, denn eine
Forderung in dieser Höhe bedeutete für ihn alles andere
als einen Klacks.

14 Kaltschnäuzige Unverschämtheit

Bis es zu der mündlichen Verhandlung vor dem Landgericht Tübingen kam, vergingen noch fast weitere drei Jahre.

Voller Hoffnung und Zuversicht bestiegen Hermann Schöpfel und sein Sohn am Tag, an dem die Gerichtsverhandlung vor dem Landgericht in Tübingen stattfinden sollte, frühmorgens den Omnibus der öffentlichen Verkehrslinie. Sie fuhren nur bis Reutlingen, weil Rechtsanwalt Heinrich Leißle sie gebeten hatte, mit ihm von dort nach Tübingen weiterzufahren; er wollte sie in seinem PKW mitnehmen, damit sie nicht mit öffentlichen Verkehrsmitteln fahren bräuchten.

Dass er diese Mitfahrt mit einem enorm hohen Kilometersatz später in Rechnung stellen würde, erwähnte er nicht.

Franz und Hermann Schöpfel hatten diejenigen Mitschüler von Franz aus den beiden Schulklassen von früher als Zeugen benannt, die in den beiden Klassen als am Angesehensten galten. Sie hätten jeden x-beliebigen Schulkollegen von damals als Zeugen angeben können, denn Franz war sich ganz sicher, dass jeder der ehemaligen Mitspieler zweifelsfrei wusste, dass an seinem Schicksalstag ständig mit der Faust nach dem Ball geschlagen worden war. Er ging auch gutgläubig davon aus, dass jeder diese Tatsache hundertprozentig bezeugen können würde. Aber er befürchtete gleichzeitig, dass die Zeugen sich nach so langer Zeit des Geschehens von jenem Tag nicht mehr erinnerten oder zumindest nicht mehr erinnern wollten.

Rechtsanwalt Leißle trug einen schicken dunkelblauen Anzug mit weißem Hemd und eine Krawatte in blau. Er stellte eine imposante Persönlichkeit dar, als er die Beifahrerwagentür seines Mercedes Hermann Schöpfel aufhielt und Franz Schöpfel hinten einsteigen ließ.

Auf der Fahrt nach Tübingen wandte sich Leißle an Franz: „Sprich im Gerichtssaal nur dann, wenn du etwas gefragt wirst. Sei betont zurückhaltend."

Bei Hermann Schöpfel stieß er mit einer solchen Aufforderung sowieso auf offene Ohren, denn ihm war der Leitspruch seines längst verstorbenen Vaters aus seiner Kindheit im Gedächtnis geblieben. Dieses geflügelte Wort hatte gelautet, man solle vor hohen Herren sein Käppchen an den Ellenbogen hängen, was so viel bedeutete, wie Honorationen viel Respekt und Hochachtung entgegenzubringen.

Leißle gab weitere Ratschläge von sich: „Bei den Richtern in Tübingen handelt es sich um sehr konservativ eingestellte Leute, die auf Anstand Wert legen. Ein tadelloses Benehmen werden die Hohen Herren sicherlich wertschätzen".

Die abgasgeschwängerte Luft, durch Benzinmotoren verursacht, löste bei Franz auf dem Weg zum Gerichtsgebäude, den sie durch die vielbefahrenen engen Gassen in der Tübinger Altstadt gingen, Kopfschmerzen aus. Seit dem Unfall war es so, dass er wenn er sich an vielbefahrenen Straßen aufhielt, durch die Abgase schon nach kürzester Zeit Kopfschmerzen bekam.

Mit gemischten Gefühlen betraten Franz' Vater, sein Anwalt und Franz das graue Gerichtsgebäude. Vor dem Gerichtssaal der ersten Zivilkammer im ersten Stock des Hauses vor Zimmer Nummer 112, saßen bereits die vier Zeugen, die früheren Mitspieler von Franz und Wolfgang

Schöllhammer. Sie unterhielten sich miteinander und nahmen, wie es den Anschein hatte, nicht Notiz von Franz, seinem Vater und deren Anwalt, als diese an ihnen vorbei in den Gerichtssaal gingen. Sie lachten und scherzten miteinander. Für Franz aber hing sehr viel von deren kommender Aussage ab.

Wolfgang Schöllhammer, dessen Vater Jakob und offensichtlich der Anwalt ihrer Haftpflichtversicherung, befanden sich schon im Gerichtssaal. Der Anwalt stand neben den beiden und beugte sich zu den auf Stühlen sitzenden Wolfgang und Jakob Schöllhammer hinunter. Er redete auf die beiden ein, die nur verschämt und unauffällig zu den Eintretenden herüber schielten.

Lehrer Ostertag betrat kurze Zeit später mit blasser Gesichtsfarbe den mit getäfelten Wänden versehenen Gerichtssaal.

Kurze Zeit später kamen drei Richter, in Roben gekleidet, in den Saal, in dem es plötzlich still wurde.

Die im Raum Anwesenden erhoben sich. Landgerichtsdirektor Schneider rief die zur Verhandlung anstehende Sache auf und verlas die Klageschrift.

Als erstes wendete er sich an Schulleiter Ernst Ostertag: „Berichten Sie, Herr Schulleiter, wie sie den Schulunfall erlebt haben."

Der wohlgenährte Lehrer von sehr kleiner Statur, kaum 1,50 Meter groß, mit großem markanten Schädel, seine vollen dunklen Haare nach hinten gekämmt, stand von seinem Stuhl auf und ging einige Schritte langsam auf die Richter zu und blickte ehrfurchtsvoll zu ihnen, die etwas erhöht am Richtertisch saßen, auf. Er räusperte sich. „Hohes Gericht" sagte er langsam und betont, „hohes Gericht", wiederholte er, „ich habe den Vorfall ganz

genau gesehen, wie der Beklagte Wolfgang Schöllhammer mit der flachen Hand ausgeholt hat". Dabei verlieh
er dem Wort „flachen" durch intensive Betonung eine
besondere Ausdrucksstärke. „Er wollte nach dem Ball
schlagen und traf dabei den Kläger am Kopf".

Franz Schöpfel standen die Haare zu Berge. Ihm schien
es, als verlöre die Erde in diesem Moment ihre Anzie-
hungskraft. So eine unverschämte, unverfrorene Aussage des Schulleiters machte ihn fassungslos.

Der Wirklichkeit entsprechend bekam Ostertag damals
im Sportunterricht den Vorfall, als er, Franz, den Schlag
gegen die Schläfe erhielt, gar nicht mit, weil er sich mit
den beiden Praktikanten, welche damals im Sportunterricht dabei standen, unterhielt. Ostertag kam danach zu
ihm her und wollte wissen, warum er weinte. Daraufhin
äußerte er, weil er einen Schlag mit der Faust von Wolfgang gegen den Kopf erhalten und nun starke Kopfschmerzen habe. Ostertag untersuchte daraufhin des
Schülers Kopf und antwortete, es sei nichts zu sehen, er
sollte auf die Zähne beißen und weiterspielen.

Franz wusste genau, dass der Lehrer log.

Mit seiner weiteren Aussage setzte der Lehrer der Ange-
legenheit die Krone auf: „Als der beklagte Schüler mit
der flachen und ausgestreckten Hand ausholte, um den
Ball auf das gegnerische Tor zu schlagen, sprang der
Kläger zwischen den Ball und die Hand des Beklagten.
Dabei wurde er von der Hand des Beklagten an der
rechten Schläfenseite getroffen. Ich sah genau, dass die
Hand von Wolfgang, als sie sich auf den Ball zubewegte,
noch offen war. Ob sie beim Auftreffen auf den Kopf des
Klägers noch offen war, weiß ich nicht."

Franz dachte, auf der einen Seite will Ostertag genau
beobachtet haben, dass Wolfgang die flache Hand in

Richtung des Kopfes von ihm, Franz, zubewegt hat, auf der anderen Seite aber will er sich nicht mehr daran erinnern, ob sie beim Auftreffen auf den Kopf noch offen gewesen war.

Außerdem war es für Franz schleierhaft, wie er gesprungen sein sollte, nachdem er sich im Kniestand befand.

Ostertag fuhr mit seiner Aussage fort und sprach weiter voller Hochachtung betont unterwürfig zu dem Gremium. „Der Kläger sank nach dem Schlag in sich zusammen; er schüttelte sich und spielte, nach dem ich keine Verletzung feststellte, weiter."

Die Behauptung von Franz, der Lehrer habe gesagt, er soll auf die Zähne beißen und weiter spielen, stritt der Lehrer vor den Richtern vehement ab.

Ebenso leugnete er, dass Franz nach dem Schlag weinte.

Ernst Ostertag endete mit der Aussage: „Ich habe mir all die Dinge nächtelang durch den Kopf gehen lassen, so dass es durchaus sein kann, dass ich weitere Einzelheiten nicht mehr sicher in Erinnerung habe. Jedenfalls sagte ich aber die volle Wahrheit."

Mit seiner Darstellung beeindruckte er das Gericht sehr.

Franz fühlte sich erneut erbärmlich, denn er wusste genau, dass sein früherer Lehrer die Wahrheit mit Füßen trat oder zumindest nicht zugab, den Vorfall im Moment des Geschehens einfach nicht mitbekommen zu haben.

Die vier Zeugen, die Schüler Heinz Schneider, Ernst Ebert, Horst Mandlung und Gerhard Becker, die miteinander nach Tübingen gefahren waren, hatten sich offensichtlich auf eine einmütige Zeugenaussage verständigt und sich diese zurechtgelegt. Jeder der vier sagte: „Ich kann nicht mehr sagen, ob mit der Faust geschlagen wurde. Der Unfall ist schon sehr lange her und es ging alles so schnell."

Auch auf die Frage, ob der Lehrer gesagt habe, Franz solle auf die Zähne beißen und weiterspielen antwortete jeder: „Es kann sein, es kann auch nicht sein".

Horst Mandlung fügte seiner Aussage noch hinzu: „Nachdem das Spiel eingeführt worden war, und manche noch nicht recht wussten, wie die Regeln sind, wurde einige Male auch mit der Faust geschlagen. Die Spieler wurden dann verwarnt. Der Lehrer schimpfte energisch. Ich glaube nicht, dass es nachher dann noch jemand machte. Wir hatten Respekt vor unserem Lehrer".

Diese Aussage war natürlich Wasser auf die Mühle von Ostertag.

Für Franz war klar, dass die Zeugen mit ihren Aussagen weder dem Lehrer noch dem beklagten Schüler Wolfgang, nach dem die gemeinsame Schulzeit inzwischen weit hinter ihnen lag, noch an den Karren fahren wollten. Von der Zielsetzung Franz irgendwie zu helfen, ganz zu schweigen.

Für Franz waren die Zeugenaussagen völlig nutzlos.

Danach wurde Wolfgang als beklagter Schüler zu seiner Aussage gebeten.

Mit hochrotem Kopf trat der Blondschopf vor die Richter. Auf die Frage des Vorsitzenden, ob er mit der Faust oder mit der Hand geschlagen habe, antwortete er mit unsicherer belegter Stimme: „Ich weiß sicher, dass ich mit offener Hand zum Schlag ausholte und dann mit offener Hand den Kläger, der mir in die Schussbahn lief, getroffen habe."

„Jawohl, so war`s", mischte sich der Vater von Wolfgang in die Vernehmung ein, obwohl dieser gar nicht gefragt wurde und das Geschehen ohnehin nicht bezeugen konnte.

Wolfgangs Mutter hatte, seit die Schöllhammers von der Klage gegen ihre Haftpflichtversicherung erfahren hatten, vor ihren Nachbarn gejammert und in Scheulenfeld heulend herumerzählt, sie müssten Franz Schöpfel eine Rente bezahlen und durch ihr Vermögen, das sie durch ihren Handwerksbetrieb angehäuft haben, ihm Schadenersatz erstatten.

Davon konnte jedoch in Wirklichkeit keine Rede sein.

Franz glaubte erneut, sein Magen würde sich umdrehen. Wolfgang behauptete doch tatsächlich, er, Franz, sei ihm in die Schussbahn gelaufen. Von Laufen konnte indes keine Rede sein, denn er, Franz, kniete zum Zeitpunkt des Unfalles, wie dies auch bei seinen Mitspielern der Fall war, während Wolfgang sich in stehender Position befand.

Der Anwalt der Haftpflichtversicherung, Dr. Klotzmann, legte sich mit besonderem Temperament in die Sache. Mit polternder, rechthaberischer Streitsucht und lärmender, kaltschnäuziger Unverschämtheit argumentierte er: „Der Kläger hat sich, als der Beklagte zum Schlag gegen den Ball ausgeholt hat, mit dem Oberkörper dazwischen geworfen, um den Ball aufzuhalten. Dabei ist der Kläger mit dem Kopf in die Schlagrichtung des Beklagten geraten, so dass er von der flachen Hand des Beklagten an der rechten Schläfe getroffen worden ist. Für den Beklagten ist es nicht vorhersehbar gewesen, dass der Kläger plötzlich dazwischen springen würde, als der Beklagte bereits zum Schlag gegen den Ball ausgeholt hat. Der Beklagte hat sein Augenmerk in diesem Augenblick auf den zu schlagenden Ball gerichtet und nicht sehen können, dass der Kläger sich über den Ball wirft".

Für Franz war es auch in diesem Fall ein Rätsel, wie er gesprungen sein sollte.

Wie soll man im Kniestand springen und laufen können?

Franz musste sich also vorwerfen lassen, dass er hätte sehen müssen, wie Wolfgang schon zum Schlag ausgeholt hatte. Dabei hatte sich alles in Sekundenbruchteilen abgespielt und beide, der Angreifer wie der Verteidiger, waren im Kampf um den Ball bemüht, ein Tor zu erzielen, beziehungsweise ein Tor zu verhindern.

„Aus der Schwere der Verletzung kann man nicht schließen, dass der Schlag mit der Faust ausgeführt worden ist, da auch ein Schlag mit der flachen Hand oder der Handkante unter unglücklichen Umständen eine solche Verletzung, wie sie der Kläger erlitten hat, herbeiführen kann," fuhr der Rechtsverteidiger fort.

Rechtsanwalt Heinrich Leißle, der Anwalt der Kläger, war, ob der pedantischen Schärfe mit der Dr. Klotzmann seine Ausführungen vortrug, nicht im Stande, hier energisch darauf hinzuweisen, dass mehrere Gutachten zweifelsfrei ergeben hatten, dass der Schlag sehr wohl mit der Faust abgegeben worden sein musste, weil so eine Schädigung mit der flachen Hand nie und nimmer zu einer so schweren Verletzung geführt hätte. Im Übrigen war bei der Einführung des Spieles klar von Lehrer Ostertag jegliches Schlagen verboten worden.

So war es für Franz sehr merkwürdig, dass das Gericht erwiesen haben wollte, dass mit der Faust geschlagen worden war. Franz wunderte sich auch, dass sein Anwalt nicht fähig war, nachzuhaken, als Lehrer Ostertag sagte, er habe den Vorfall ganz genau gesehen. Dies stand im Widerspruch zu dem, was Ostertag in der Schule nach dem Unfall ständig verbreitete, nämlich, dass die Verletzung daher rühre, dass Franz Schöpfel ein Ball am Kopf

99

getroffen habe. Stattdessen lächelte der unfähige Rechtsanwalt von Schöpfel, H. Leißle, nur süffisant, hatte rein gar nichts mehr zu sagen und zog den Schwanz ein.

Rechtsanwalt Dr. Klotzmann von der Haftpflichtversicherung konstatierte abschließend: „Der Kläger hat den Unfall selbst verschuldet, weil er sich tollkühn in den Ball warf, obwohl er gesehen hat, dass der Beklagte bereits beim Zuschlagen gewesen ist." Auch diese Aussage ließ Leißle unwidersprochen so im Raum stehen.

Franz war zum Heulen zu Mute. Er sollte also selber schuld an seiner Verletzung sein. Dabei gab er als Schüler für seinen Lehrer, seine Schule und die eigene Mannschaft, wie immer im Sport, nur sein Bestes und das Maximum.

Die drei Richter verharmlosten den Schaden, mit dem Franz Schöpfel behaftet war, völlig. Dies konnte man auch daran erkennen, dass das Gericht bei allen Beteiligten, darauf verzichtete, einen Eid auf ihre Aussagen abzulegen. Der Vorsitzende hatte Zeugen, Beklagte und den Kläger aufgefordert, die Wahrheit zu sagen, aber gleichzeitig erklärt: „Dieser Fall ist jedoch nicht so schwerwiegend, dass die Aussagen an Eides Statt zu erfolgen haben." Weiter führte er aus: „Der Kläger ist wieder fähig, zu gehen, die Halbseitenlähmung hat sich wieder wesentlich gebessert, die Beweglichkeit der linken Hand ist zwar etwas schlecht, der Gang ist zwar leicht hinkend, wobei das linke Bein nachgezogen wird, die Beweglichkeit des Armes im Schulterbereich und im Ellenbogenbereich ist zwar angetastet, jedoch beeinträchtigt ihn dies nicht besonders. Feinere Bewegungen der Finger sind nicht möglich. Es ist eine Schielstellung des rechten Auges eingetreten, wobei er Doppelbilder wahrnimmt. Bei längerer Belastung ist mit erhöhter Ermüdbarkeit zu rechnen. In seiner intellektuellen Leistungsfähigkeit liegt ein geringer Abfall gegenüber den Fähigkeiten vor dem Unfall vor."

Das Gericht schloss mit dem Satz: "Aber er ist in der Lage, durch seine kaufmännische Lehre einen Abschluss zu erreichen, der es ihm ermöglicht, in Zukunft für seinen Unterhalt zu sorgen. Die Erwerbsminderung ist nicht besonders hoch einzuschätzen".

Dass Franz seine Zukunftschancen, die er vor allem auf sportlichem Gebiet als bester und vor allem ehrgeizigster Sportler seiner Schule gehabt hätte, begraben musste, sah die Kammer nicht. Obwohl ihm vieles, was er als gesunder Mensch erreichen hätte können, nun verwehrt war, würdigten die drei Richter diese Tatsache nicht und ließen es völlig unberücksichtigt.

Offensichtlich machte Franz auf das Gericht den Eindruck, dass er immer schon körperlich und geistig in so einem altersmäßig zurückgebliebenen Zustand gewesen ist. Er war in seinem Erscheinungsbild gegenüber seinen Gleichaltrigen um Jahre zurückgeworfen worden.

Als Gipfel empfand es Franz, dass das Gericht vor einer Urteilsfindung ein Urteil abwarten wollte, das vor dem Bundesgerichtshof zur Beschlussfassung anstand.

Bei diesem Prozess ging es darum, dass ein Mädchen, welches zu früh geboren wurde und deshalb immer schon von sehr schwacher und kränklicher Statur war, im Schulsportunterricht verletzt worden war.

Franz Schöpfel rang mit seiner Fassung. Er, der frühere Ausnahmesportler, sollte mit einem Siebenmonatskind verglichen werden. Ihn, den Lehrer Ostertag stets ausgewählt hatte, um den anderen Mitschülern an einem Turngerät eine neue Übung vorzuzeigen. Das Gericht stellte ihn jetzt mit einem sensitiven Kind gleich. Und sein Anwalt lehnte sich auch hier nicht dagegen auf.

Es vergingen noch einige Wochen, in denen Schöpfels auf ein gerechtes Urteil hofften. Dann stand das Urteil vor dem Bundesgerichtshof des Siebenmonatskindes fest: Weil es zu zart besaitet war und gegen den Willen des Lehrers, als „dünnhäutige" Person, an einer schwierigen Übung teilgenommen hatte, und dabei mit bleibenden Schäden verletzt wurde, konnte dem Lehrer kein Vorwurf gemacht werden.

Obwohl die Voraussetzungen, die zur Verletzung des Mädchens führten, ganz andere waren und mit denen von Franz überhaupt nicht zu vergleichen waren, fasste das Landgericht Tübingen analog hierzu ein für ihn vernichtendes Urteil.

Das Landgericht führte darin aus: „Die Klage wird als unbegründet zurückgewiesen. Der Kläger glaubt zwar, gesehen zu haben, dass der Beklagte mit der Faust zugeschlagen habe, daran, ob der Kläger tatsächlich eine solche Wahrnehmung gemacht hat, bestehen jedoch erhebliche Zweifel. Der Vorgang, der zur Verletzung des Klägers führte, spielte sich in Sekundenschnelle ab. Der Kläger wurde unmittelbar an der rechten Schläfe getroffen und spürte sofort einen starken Schmerz.

Dass er unter diesen Umständen den Vorgang richtig erfasst hat, ist, zumal er sich bei seiner Abwehrreaktion auf den Ball konzentriert hat, sehr unwahrscheinlich. Es ist durchaus möglich, dass sich bei dem Kläger im Laufe seiner Bemühungen um einen Schadensausgleich ein falsches Erinnerungsbild gebildet hat und er den Vorgang anders sieht, als er sich in Wirklichkeit abgespielt hat."

Franz Schöpfel rang nach Luft. Auf der einen Seite hätte er nach Auffassung des Gerichts erkennen müssen, dass der beklagte Schüler, Wolfgang, schon mit der Hand zum Schlag ausgeholt hatte, und sich nicht hätte dazwischen werfen dürfen, auf der anderen Seite wurde nun aber damit argumentiert, dass sich der Vorgang in Sekundenschnelle ereignet habe und er somit den Vorgang nicht richtig wahrgenommen haben könne.

Lehrer Ostertag wurde attestiert, dass er genau beobachtet habe, dass die Hand des Beklagten, als sie auf den Ball zubewegt worden war, offen gewesen sei. Diese Aussage von Ostertag erschien nach Auffassung der Kammer durchaus glaubhaft. Sie führte sogar aus, sie habe den Eindruck gewonnen, dass sich der Zeuge Ostertag bei seinen Aussagen seiner Verantwortung bewusst war und sich nicht zu einer unrichtigen Darstellung verleiten ließ.

Völlig außer Acht ließ das Gericht dabei die Tatsache, dass der Lehrer dabei ein eigenes Interesse am Ausgang des Rechtsstreits hatte, weil eine Aufsichtspflichtverletzung seiner eigenen beruflichen Karriere sicherlich nicht zuträglich gewesen wäre.

Mit seiner wahrheitsgemäßen Aussage stand Franz Schöpfel auf verlorenem Posten.

Für Franz stand im Nachhinein eindeutig fest, dass sein Anwalt den Prozess völlig falsch angegangen war. Das Versprechen des Lehrers gegenüber seinem Vater, die Schüler seien gut versichert, traf nicht zu; eine Schülerunfallversicherung des Landes Baden-Württemberg existierte praktisch nicht.

„Ohne Anerkennung einer Rechtspflicht zahlte das beklagte Land zur Abgeltung aller bisher aus dem Unfall entstandenen und in Zukunft noch entstehenden materiellen und immateriellen Schäden 10.000 DM."

So gesehen war die Klage gegen den Lehrer wegen Verletzung der Aufsichtspflicht fehl am Platz, obwohl dieser seine Aufgabe tatsächlich vernachlässigt hatte.

Logischerweise wäre eine Klage nur gegen die Haftpflichtversicherung des Schülers erfolgversprechender gewesen. Dann hätte sich Lehrer Ostertag nicht seiner eigenen Haut erwehren müssen und den Ablauf so schildern können, wie er sich tatsächlich abgespielt hatte.

Franz Schöpfel ging in der Verhandlung um einen Schadensausgleich leer aus. Im Gegenteil: Zu den körperlichen und seelischen Beeinträchtigungen kamen noch Prozess- und Anwaltskosten hinzu, so dass insgesamt ein Minus für Franz Schöpfel am Ende heraus kam. Zu dem Verlustgeschäft trugen auch völlig übertrieben hohe Kilometergelder, die der Rechtsvertreter für die Mitfahrt in seinem Auto, von Reutlingen nach Tübingen und zurück, in Rechnung stellte, bei.

Außerdem musste Schöpfel die Zeugengelder für die vier Mitschüler aus seiner früheren Schulklasse, wobei jeder der vier 20 DM erhielt, erstatten. Franz bekam nach der Gerichtsverhandlung mit, wie einer der vier Zeugen sich nach der Auszahlung des Zeugengeldes im Weggehen freute und zu den anderen drei Zeugen sagte: „So einen interessanten Tag erleben und dann auch noch dafür bezahlt werden, das ist doch schön."

Für Franz war es eine weitere bittere Erkenntnis, nämlich die, dass er den schönen Tag der vier letzten Endes finanzieren musste.

In eine weitere Instanz zu gehen war Hermann Schöpfel aufgrund der drohenden weiteren hohen Kosten nicht

104

möglich. Auch kam er aufgrund der dann ins Haus stehenden weiteren Geldaufwendungen nicht auf die Idee, sich einen neuen, fähigeren Anwalt zu suchen und dann andere weitere Zeugen zu benennen. Er befürchtete noch immens höhere Aufwendungen, die er sich, in Anbetracht dessen, dass er noch für mehr Kinder sorgen musste, einfach nicht leisten konnte.

Auf die Möglichkeit, einen Aufopferungsanspruch gegenüber dem Land geltend zu machen, wies Schöpfels Anwalt seine Mandanten nicht hin.

15 Das schlechte Gewissen

Das Land Baden-Württemberg, als gesetzgebendes Organ, bedauerte den erlittenen Schaden von Franz. Aufgrund einer Petition, an den Landtag gerichtet, wurde unter den Mitgliedern des Gremiums zwar heftig diskutiert, aber die Petition scheiterte. Zumindest ließ der Fall die Landesvertreter aufhorchen und auf die unzureichenden Absicherungen der Schulkinder aufmerksam werden. Das schlechte Gewissen des Gesetzgebers gegenüber dem Geschädigten, danach muss dennoch groß gewesen sein, denn aufgrund dieses Falles startete das Land eine Initiative für eine vernünftige gesetzliche Unfallversicherungsregelung. Der Fall von Franz bildete den Bewegrund für die Einführung der Pflichtversicherung. Schon drei Jahre später, im Jahre 1971 wurde eine gesetzliche Pflichtunfallversicherung für Schüler und Kindergartenkinder eingeführt.

Eine solche war bis dahin praktisch nicht existent.

Tragisch für Franz war es, zwar auf der einen Seite der Stein des Anstoßes gewesen zu sein, auf der anderen Seite aber selber nicht davon profitiert zu haben.

Etwas Positives hat sein Fall aber dennoch bewirkt: Für hunderte ähnlicher Fälle, in den Jahren und Jahrzehnten danach, ist eine entscheidende Verbesserung eingetreten. Unfälle in der Schule oder auf dem Weg zwischen der Schule und zu Hause, wie auch für Kindergartenkinder generell, fallen seither automatisch unter einen Sinn machenden Versicherungsschutz. Ohne dass eine Schuldfrage geklärt werden muss, greift seither die gesetzliche Unfallversicherung. Dem dauerhaft geschädigten Schüler wird seitdem zwangsläufig eine angemessene Entschädigung mit Rentenzahlung geleistet.

16 Der Mann an der Spitze ist unredlich

„Was sind schon fumpfzigtausend Marchsch, was sind schon hunnerdtausend Marchsch," so drückte sich der Chef des Industriebetriebes bei dem Franz Schöpfel 15jährig eine Ausbildung zum Industriekaufmann antrat, bei der Betriebsversammlung des Unternehmens in der Kantine aus. Die rund 150 Mitarbeiter des Maschinenbaubetriebes ließen sich tief beeindrucken, wenn der Firmeninhaber in großkotzigen Worten zu ihnen sprach, und nickten zufrieden mit den Köpfen, als der Eigentümer weitere Investitionen in Baumaßnahmen ankündigte und von einer gesunden Konstellation der Firma sprach. Wie immer, wenn der aus Norddeutschland gekommene Oberingenieur, wie er sich nannte - redete, waren seine Mitarbeiter beeindruckt.

Der Geschäftsführer brachte es vom kleinen technischen Angestellten zum Direktor der Maschinenbaufabrik und nutze seine übermächtige Stellung gegenüber seinen Mitarbeitern rigoros aus. Dabei kam ihm seine Wortgewandtheit, die er im Vergleich zu seinen eher weniger zungenfertigen schwäbischen Mitarbeitern ausspielte, zugute.

Niemand von seinen Mitarbeitern wusste, dass es Wilhelm H. Tegel auf skrupellose Weise zur Führungsspitze des Betriebes gebracht und seine leitende Stelle erschlichen hatte.

Franz erfuhr von diesem Sachverhalt, weil er bei Aufräumarbeiten als Lehrling im Altarchiv der Firma auf entsprechende Schriftstücke und Briefwechsel stieß:

Firmengründer Albert Biesinger beförderte den Emporkömmling nach dessen positiver Einarbeitung im technischen Bereich zum Prokuristen. Erst dann wurde ihm bewusst, dass Tegel immer mehr die Zügel an sich riss, so dass ihm der Firmeninhaber den Stuhl vor die Tür setzen wollte.

Tegel bekam davon Wind. Er wusste, dass Biesinger häufig mit einem Gastronomen in Stuttgart verkehrte. So suchte er diesen auf, und erwähnte beiläufig, dass Albert Biesinger ihn entlassen wolle. „Ich habe die technischen Pläne der Textilmaschinen, welche Biesinger entwickelt, alle im Kopf und habe von Italien eine hohe Darlehenszusage von 400.000 DM in Aussicht. Wenn Biesinger mich entlässt, werde ich seine Maschinen nachbauen und dafür sorgen, dass er Pleite geht", eröffnete er dem Kneipenwirt, von dem er wusste, dass er mit Biesinger gut befreundet war. Dieser teilte die Aussage des Prokuristen Biesinger dann in einem Brief mit, worauf der Firmenbegründer von einer Entlassung Tegels absah. Im Gegenteil, er beförderte ihn zum Geschäftsführer, und da er selber keine Nachkommen hatte, gehörte der Betrieb schon nach kurzer Zeit Tegel.

Vor seinen Mitarbeitern jonglierte der Firmenboss gerne mit großen Zahlen; seine Untergebenen aber speiste er mit Hungerlöhnen ab. Seine Monopolstellung in der strukturell schwachen Gegend war ihm dabei hilfreich. Drohte einer mit der Gewerkschaft, so war derjenige beim Boss gleich unten durch und wurde entlassen. So schwang sich der wortgewandte Norddeutsche immer mehr zum Patriarchen auf.

Seine Mitarbeiter behandelte er geringschätzig. Sie hatten in der Regel nicht viel zu melden. Wenn man den Chef in seinem noblen Anzug kommen sah, schlotterten den meisten seiner Gehaltsempfänger schon die Knie. Seine Beschäftigten fürchteten seine rücksichtslose Art.

Angstvoll gingen seine leitenden Angestellten in von ihm anberaumte Sitzungen und Besprechungen, weil niemand vorher wusste, ob er vom Chef dann nicht in irgendeiner Weise vor allen anderen brüskiert oder in die Pfanne gehauen werden würde. Hatte sich jemand unter seinen Leuten sein Wohlwollen erarbeitet und es zu einer führenden Stellung gebracht, so konnte er dennoch nie sicher sein, dass Tegel an ihm festhielt. Von einem auf den anderen Tag war es möglich, dass der Federführende einem zuvor noch unangetasteten Betriebsangehörigen, welcher ihm bisher aus der Hand fraß, das Leben schwer machte oder ihn vor den Kopf stieß, ihn bloßstellte und verunglimpfte. Meinungsverschiedenheiten mit dem Oberen ging man am besten aus dem Weg. Hatte er es jedoch auf einen abgesehen, ob Arbeiter oder Angestellter, so machte er mit diesem nicht viel Federlesens und entließ ihn, oder aber er trat ihn mit Füßen, behandelte den Betreffenden so unwürdig und herablassend, dass dieser häufig von sich aus kündigte.

Hermann Eichenberger, mehrsprachiger Exportverkaufsleiter, Mitte fünfzig, musste einmal erleben, dass ihn Tegel gleich nach Dienstbeginn am Montagmorgen im Großraumbüro der Verkaufsabteilung aufsuchte und nach einem bestimmten Schriftwechsel verlangte. Wahrscheinlich hatte der Chef übers Wochenende in des Exportkaufmanns Schreibtisch gewühlt und dessen Unordnung wahrgenommen. In seiner Aufregung fand der Exportkaufmann nicht sofort das erbetene Schriftstück. „Was haben Sie für einen Saustall beieinander. Nichts bekommen Sie auf die Reihe. Das reinste Chaos ist in Ihrem Schreibtisch vorzufinden. Da würde ich auch nichts finden." Indem er eine Schublade nach der anderen des Schreibtisches von Eichenberger aufriss, schleuderte er sämtlichen Inhalt zu Boden. Außer sich vor Wut, machte er sich auch über Dinge privater Natur her, welche Eichenberger in seinem Sekretär verstaut hatte. Der Firmeninhaber steigerte sich bei seinem schmählichen Auftritt zur Höchstform, so dass sich Eichenberger wie ein gescholtenes Kind vorkommen musste.

Solche Tobsuchtsanfälle und verbale Ausraster des Chefs waren keine Seltenheit.

Als einziger gewichtige Arbeitgeber in der Gemeinde ließ er sich in den Gemeinderat wählen. Mit seinen Reden wusste er ein ums andere Mal seine Ratskollegen zu überzeugen. Er verstand es meisterhaft, mit seinen Argumenten und Ausführungen die Gemeinderäte zu Gunsten seiner Firma auf seine Seite zu ziehen. Oft wurde genau das Gegenteil von dem beschlossen, was der Bürgermeister beabsichtigt hatte, beschließen zu lassen.

So stand einmal auf der Tagesordnung der Sitzung des Gemeinderates: „Erhöhung des Gewerbesteuerhebesatzes". Wilhelm H. Tegel ergriff das Wort, in dem er die Vor- und Nachteile einer Erhöhung der Gewerbesteuer ins Feld führte. Er schlug eine Ermäßigung des Hebesatzes vor. „Wir können damit einen Anreiz schaffen, dass sich andere Firmen hier niederlassen", argumentierte er. Die Folge war, dass der Gewerbesteuerhebesatz statt erhöht, niedriger festgesetzt wurde.

Ein anderes Mal wollte sich ein weiterer Industriebetrieb im Ort ansiedeln. Gemeinderat Tegel erklärte dann in seinem Plädoyer, wenn das Gremium die Ansiedlung eines weiteren größeren Betriebes zulasse, werde er seinen Firmensitz an einen anderen Ort verlegen und der Gemeinde würden dann seine Gewerbesteuerzahlungen entgehen. So gelang es ihm auch in diesem Fall, seine Ratskollegen zu erpressen und die Ansiedlung eines weiteren Betriebes am Ort zu verhindern.

Franz Schöpfel selbst bekam die launischen Auswüchse seines Chefs mehrmals zu spüren. Von seinem Ausbildungsleiter in der Verkaufsabteilung hatte Franz die Aufgabe erhalten, einen Ordner mit der abgehefteten Korrespondenz zwischen der Firma und ihren Kunden durchzulesen. Franz war damit beschäftigt, einen Schriftwechsel zu studieren, so dass ihm nicht auffiel, dass der große Boss das Großraumbüro, in dem sich acht Schreibtische befanden, betrat. „Schläfst du?" fuhr er den im ersten Lehrjahr stehenden Auszubildenden an.

Einen Tag später war Franz erneut dabei, Einblick in die Geschäftsvorfälle der Verkaufsabteilung zu nehmen. Er bemerkte nicht rechtzeitig, dass sein höchster Vorgesetzter Tegel die Räumlichkeit betrat. „Na, nun schläft er schon wieder", schnauzte er den Jungen an, weil dieser nicht von seinen Akten aufgesehen und vor dem Häuptling stramm gestanden hatte.

Franz begann in dieser Zeit für die „Albzeitung", eine regionale Tageszeitung zu schreiben. Dabei berichtete er von allen Ereignissen, welche in der Gemeinde anstanden sowie von den Geschehnissen der Vereine. An einem Freitagabend musste er von der Bürgerversammlung des Bürgermeisters für die Zeitung schreiben. Mit gut 200 Bürgerinnen und Bürgern war der „Rößle"-Saal voll besetzt, und die Versammlung dauerte fast bis um Mitternacht. Da Franz Schöpfel seinen Bericht spätestens am Samstag um die Mittagsstunde bei der Zeitung abliefern sollte, wollte er am Samstagvormittag vom Betrieb zu Hause bleiben, damit er den Zeitungsbericht würde anfertigen können. Er stellte seinem Chef, Herrn Tegel, der auch bei der Versammlung anwesend war, in einer Pause die Frage, ob er am folgenden Vormittag Urlaub bekommen und zu Hause bleiben dürfe, und nannte den Grund. „Da musste deinen Abteilungsleiter, Herrn Demand, fragen, das geht mich nichts an", erklärte darauf sein Arbeitgeber.

Franz hatte ein gutes Verhältnis zu Verkaufsleiter Demand, der ihm sowieso schon als Vorsitzender des Sportvereins wohlgesonnen war. Ihn wollte der Jugendliche bei einer guten Gelegenheit im Laufe des Abends noch um Erlaubnis zum Fernbleiben im Betrieb am nächsten Tag bitten. Dann ergab sich nicht mehr die Chance, Wolfgang Demand zu fragen, weil dieser unerwartet schnell nach Hause gegangen war. Franz dachte, Herr Demand hätte sicher Verständnis für seine Situation und würde ihm bestimmt freigeben. Und er blieb am Samstagvormittag zu Hause und machte sich an die Anfertigung des Zeitungsberichts.

Franz war mit seinem Zeitungsartikel beschäftigt, als es bei Schöpfels plötzlich klingelte. Wilhelm H. Tegels Chauffeur war mit der Nobelkarosse von Mercedes-Benz des Chefs vorgefahren und erklärte, er habe vom Firmenoberen persönlich den Auftrag, ihn, Franz, abzuholen.

Noch nie zuvor saß Franz in so einem noblen, komfortablen Fahrzeug, als er mit Chefchauffeur Kallmer zur Firma gefahren wurde. Doch er konnte die Fahrt keineswegs genießen, ihm war dabei äußerst unwohl zu

112

Mute. Mit schlotternden Knien betrat Franz das Vorzimmer des Vorgesetzten. Das Vorzimmer war verwaist, Frau Lotterer, die Chefsekretärin hatte wie alle Angestellten und Arbeiter im Gegensatz zu den Lehrlingen, samstags frei. Die Tür zum Büro des Herrschers war mit einem dicken Schallschutzpolster versehen und stand ein Spaltbreit offen. „Komm rein, die Tür ist offen", hörte er den Patriarchen mit krächzender Stimme sagen. Mit Angstschweiß im Gesicht trat Franz ins Büro des Chefs, der im Maßanzug, weißem Hemd und Krawatte in seinem großzügig ausgestatteten Geschäftszimmer saß. Hinter seinem aufgeräumten großen Schreibtisch lehnte er sich auf seinem komfortablen Sessel sitzend zurück. Er hatte sicher nur darauf gewartet, nun vom Leder zu ziehen und Franz zur Schnecke machen zu können.

„Mach erst die Hose zu. Bist wohl eben erst aus dem Bett gefallen" giftete der große Boss den hilflos wirkenden Lehrling an, kaum dass dieser eingetreten war. Franz hatte ganz übersehen, am frühen Morgen seinen Hosenladen zuzuknöpfen. Franz wurde noch verlegener.

„Wie kannst du nur auf die Idee kommen, die Arbeit einfach zu schwänzen, einfach zu Hause zu bleiben und zu denken, die anderen sollen meinen Scheiß mitmachen."

Franz dachte in diesem Moment daran, dass ihm einmal jemand den Rat gab, in solch einer Situation, sich sein Gegenüber nackt vorzustellen. Als er sich den sicherlich eins fünfundneunzig Meter großen Mann nackt vorstellte, huschte für einen kleinen Augenblick ein Lächeln über sein Gesicht. Das Donnerwetter zog sich jedoch über zehn Minuten in die Länge. Der Boss beugte sich jedoch über seinen Sekretär und trommelte mit seinen Fingern unablässig auf den Tisch. Unwillkürlich ging Franz durch den Kopf: „Was biste denn für`n großes Tier?"

In den Augen von Franz war das Vorgehen des ersten Mannes an der Spitze mehr als unredlich. Zuerst sagte er, „das geht mich nichts an", und dann macht er so ein Theater.

Franz dachte darüber nach, wie ein Mensch nur so skrupellos sein konnte. Dabei hätte dieser allen Grund gehabt, Gewissensbisse zu haben. Hatte er doch vor Jahren, als er noch Prokurist in der Firma war, betrunken in später Nacht, drei unschuldige Männer zu Tode gefahren. Mit hohem Tempo war er weitgehend frontal ins Auto von drei Junghandwerkern, welche von ihrer Meisterfeier bei der Handwerkskammer auf dem Weg nach Hause waren, gekracht. Während die drei unschuldigen Opfer den sofortigen Tod fanden, hatte Tegel schwerverletzt überlebt. Ein Schuldgefühl schien er jedoch nie zu haben. Seither besaß er keinen Führerschein mehr, aber er konnte es sich leisten, einen Chauffeur zu beschäftigen.

Als Franz nach der Standpauke des Betriebsoberen zu den Lehrlingskollegen kam, erzählte ihm Gerhard Steudle, der im gleichen Ausbildungsjahr stand wie Franz, der Firmeninhaber sei Punkt halb acht im Büro erschienen und habe gefragt, ob der Lehrling Schöpfel da sei. „Nein, der ist noch nicht da", habe er darauf geantwortet. „Na, du bist helle, du bist klug, das wusst` ich schon lange", habe darauf der gebürtige Hamburger wutentbrannt geantwortet und die Bürotür hinter sich zugeschlagen.

Für Franz stand fest, dass sein Chef von vornherein geplant hatte, ihn auflaufen zu lassen.

114

Einmal jedoch erlebte Franz den Unterdrücker letztlich noch von einer anderen Seite.

Zur Ausbildung der kaufmännischen Lehrlinge gehörte, dass diese ein paar Wochen ins Ersatzteillager des Betriebes hinein schnupperten. Eines Tages tauchte der Firmenboss persönlich im Ersatzteillager auf und ordnete gegenüber dem Lehrling an, ein bestimmtes Teil in die nebenan liegende Elektronikabteilung ins Büro des Meisters zu bringen. Dort erwartete Tegel den Jungen, der in kurzer Zeit mit dem verlangten Teil zur Stelle war. Wilhelm H. Tegel sah sich das überbrachte Teil an, machte eine abfällige Handbewegung, so, als ob er das Teil wegwerfen wollte und brüllte den Auszubildenden an: „Du bist doch zu allem zu blöd, dies ist das falsche Teil." Franz erschrak, fasste sich aber schnell wieder. So wollte er sich nicht ins Bockshorn jagen lassen. Mit betont energischer Stimme erwiderte er: „Genau diese Artikelnummer, welche Sie mir genannt haben, steht auf dem Ersatzteil, das ich Ihnen gebracht habe. Wenn Sie nun etwas anderes wollen, kann ich nichts dafür." Die Wut war dem Jungen anzumerken. Unversehens drehte er sich um und ließ den Chef und den Elektromeister im Meisterbüro stehen und entfernte sich von den Herren, ohne nochmals zurückzublicken. Mit so einer kühnen Reaktion des Stifts hatte der große King nicht gerechnet.

Fünf Minuten später kam das Oberhaupt nochmals zum Lehrling ins Lager und entschuldigte sich in seinem Hamburgerdeutsch: „Entschuldige, mein Jung, das vorhin war doch das richtige Teil."

Die Hauptausbildungsleiterin des Betriebes, welche gleichzeitig die Abteilung Einkauf leitete, war Franz nicht wohlgesonnen. Dies beruhte auf Gegenseitigkeit, denn Franz empfand es als Zumutung, im Großraum-

115

büro, das sich im ersten Stock des Bürogebäudes der Firma befand, den ganzen Tag die penetrant grelle Stimme der Abteilungsleiterin hören zu müssen. Adelheid Weber führte grundsätzlich jede Bestellung telefonisch aus, bevor sie den Auftrag schriftlich bestätigte. Dazu lief ihr Mundwerk den ganzen Tag. Und sie hatte, wie es im Schwäbischen heißt, „eine Gosch wie ein Schwert." Gerhard Steudle jedoch war ihr Lieblingslehrling. Ihm nahm sie alles ab, wenngleich er sie schon gewaltig an der Nase herumführte. Er hatte den Schulbesuch am Gymnasium abgebrochen und ließ sich nun zum Industriekaufmann ausbilden.

Zwei Vormittage wöchentlich besuchten die drei Lehrlinge des Betriebes 25 Kilometer entfernt die kaufmännische Berufsschule. Während Marianne Berger, eine kaufmännisch Auszubildende des Betriebes, nachmittags pünktlich in der Firma war, kamen Gerhard Steudle und Franz Schöpfel immer erst eine Stunde später an. Steudle bläute dem weiblichen Lehrling ein, der Ausbildungsleiterin zu sagen, ihr Vater hole sie direkt von der Schule ab, so dass sie früher im Betrieb sein könne, als die beiden männlichen Lehrlinge, welche auf öffentliche Verkehrsmitteln angewiesen seien und deshalb nicht früher da sein könnten. Dabei waren alle drei mit demselben Bus gefahren, nur dass die beiden jungen Burschen noch unterwegs in einem Gasthaus einkehrten, bevor sie eine Stunde später den nächsten Bus nahmen. Der etwas ältere Lehrling zwang Franz bei dieser Sache mitzumachen.

Aber Gerhard Steudle nahm Adelheid Weber alles ab, ihm fraß sie aus der Hand, auch wenn er die Unwahrheit sagte.

In der Berufsschule saß Franz Schöpfel an einem Tisch in der ersten Reihe. Lehrer Kurt Kranz hatte schon das Pensionsalter erreicht, blieb jedoch aufgrund des Lehrermangels über das 65. Lebensjahr hinaus im Schuldienst. Aufgrund einer Kriegsverletzung war er oberschenkelamputiert und tat sich mit seiner Prothese beim Gehen recht schwer. Weil er Worte mit dem Buchstaben „P" wie ein „B" aussprach, erklärte er im mer: „mit „B" wie „Paula". Dabei sprach er das Wort Paula auch mit „B". So nannte man ihn unter den Schülern nur „Baul". Sein Unterricht wies nicht mehr die Qualität auf, wie sie für die Jugendlichen erforderlich gewesen wäre. Einige der Schüler trieben mit ihm fast in jeder Schulstunde Schindluder. Was Wunder, dass sich der Lehrer nicht mehr anders zu helfen wusste, als sie anzufahren: „Gehen Sie raus, ich kann Sie nicht mehr sehen." Der betreffende Schüler verließ dann stets (für diese Stunde) den Klassenraum.

Franz Schöpfel hatte nicht die Absicht, eine verwerfliche Handlung, welche die Missbilligung des Paukers hervorrufen könnte, zu begehen, als er von seinem Stuhl aus ein zusammengeknülltes Papier in den unweit seines Platzes stehenden Papierkorb des Lehrers werfen wollte. Eigentlich tat ihm der Kriegsversehrte Sachse immer leid, wenn er sich ständig mit ihm kränkenden und ihn verärgernden Schülern auseinander setzen musste. Der Abfall fiel neben den Behälter und die Schüler lachten. Kranz drehte sich um und schrie Franz an: „Schöpfel, gehen Sie raus, ich kann Sie nicht mehr sehen." „Wenn solche Verweise bei Kranz nicht an der Tagesordnung gewesen wären, wäre Franz vor Schreck sicher vom Stuhl gefallen. So aber stand er seelenruhig auf, ging zum Papierkorb und warf das danebenliegende Papier in den Abfallkorb und wollte wieder zu seinem Platz zurück gehen.

117

„Rausgehen sollen Sie, raus", fuhr ihn der Erzieher, welcher von dem ansonsten manierlichen Jungen sichtlich enttäuscht zu sein schien, nochmals an. Und Franz Schöpfel biss in den sauren Apfel und verließ das Klassenzimmer.

Als Franz am Nachmittag in der Firma auftauchte fiel er aus allen Wolken, weil er von seiner Ausbildungsleiterin, Frau Weber, zu hören bekam: „Kannst du dich in der Berufsschule nicht ordentlich benehmen. Dein Lehrer, Herr Kranz, war schon kurz nach dem Mittag da, ist extra 25 Kilometer weit gefahren, und hat sich über dein Verhalten in der Schule beklagt."

Bei keinem der anderen, welche er fast in jeder Stunde des Klassenzimmers verwiesen hatte, tauchte er jemals bei deren Lehrherren auf, um Klage zu führen.

Von seinem Vater bekam Franz, als er nach Feierabend zu Hause aufkreuzte, ebenso eine aufs Dach. Kurt Kranz sei schon nach zwölf Uhr persönlich vorgefahren und habe sein Verhalten in der Schule bemäkelt, wurde ihm von seinem Vater vorgehalten.

Franz war von den Socken. Der Lehrkraft schien viel daran gelegen, ihn zur Räson zu bringen. Wegen einer solchen Lappalie ihm Flötentöne beibringen zu wollen, empfand er stark übertrieben. „Wenn ‚Baul' stehenden Fußes schon so eine weite Strecke auf sich nimmt, um sich bei euch und bei meinem Lehrherrn über mich zu beschweren, dann hätte er mich gleich im Auto mitnehmen können, dann hätte ich nicht auf den Busbahnhof gehen müssen", nahm er diesem bedauerlichen Vorkommnis den Stachel.
Trotzdem entschuldigte er sich in der nächsten Unterrichtsstunde beim Lehrer und stand von da an bei Kranz hoch im Kurs.

Einige Jahre später lief Franz Schöpfel Kurt Kranz in der Fußgängerzone in Reutlingen über den Weg. „Hallo, Herr Kranz", sprach er ihn an. Kurt Kranz staunte nicht schlecht, erinnerte sich aber sofort wieder an seinen ehemaligen Schüler: „Na, na, er kennt, er kennt mich tatsächlich noch", stotterte er, „Schöpfel, Junge, Junge, das war aber eine schöne Zeit mit Ihnen damals in der Berufsschule", stieß er fassungslos voller Freude aus.

17 Beamte: Schreibtisch voll beladen

Schon dreizehn Monate nach erfolgreichem Abschluss seiner Ausbildung mit der Kaufmannsgehilfenprüfung feierte Franz seinen Abgesang aus der Firma. Er konnte die doch etwas unglückselige Zeit in der Privatindustrie verlassen, weil er eine weitere Ausbildung im öffentlichen Dienst antreten konnte.

Eigentlich verabscheute er Stenografie. Im ersten Berufsschuljahr an der kaufmännischen Berufsschule hatte Lehrer Kaltenberg im Fach Kurzschrift unterrichtet und dabei übergroßen Wert auf dieses Lernfeld gelegt. Franz war diese Disziplin danach geradezu verhasst.

Für seine Beamtenlaufbahn jedoch musste er seinem Dienstherrn eine Bescheinigung vorlegen, aus der hervorging, dass er 80 Silben Steno in der Minute beherrschte.

Zu seinem früheren Lehrer zu gehen und so eine Bescheinigung zu verlangen, schien ihm aussichtslos zu sein, weil er für einen solchen Nachweis sicher den Beweis des Könnens hätte antreten müssen. Und dies wäre ihm nicht gelungen. Also blieb ihm nichts anderes übrig, als einen Kurs in Stenografie bei der Volkshochschule zu belegen.

Franz traute seinen Augen kaum. Unter 15 Frauen war er der einzige männliche Kursteilnehmer und damit Hahn im Korb. Da er im Gegensatz zu den anderen Schulungsteilnehmerinnen schon Kenntnisse von der Materie besaß und die Dozentin den Stoff recht locker rüberbrachte, machte das Ganze Franz plötzlich Spaß. Hinzu kam, dass er neben einem Mädchen saß, das in Bälde eine Ausbildung zur Verwaltungsangestellten wie er beim Landratsamt beginnen würde. Gabriele Renner schickte Franz von einer Berlinfahrt, die sie mit ihrer Klasse als Abschlussfahrt unternahm, zwei Ansichtskarten und unterschrieb mit „Deine Gabi".

So stand er auf freundschaftlich gutem Fuß mit ihr.

Während er die verschiedenen Bereiche des Amtes beim Landratsamt durchlief, freute er sich schon auf das Ressort, in dem seine Bekannte im Einsatz war.

Im Vergleich mit seiner bisherigen Tätigkeit in der Industrie, stellte der Beamtenanwärter schnell fest, dass auf der Behörde manche der Bediensteten über die Runden kamen, ohne sich ein Bein auszureißen.

In der ersten Abteilung, in welcher Franz Schöpfel für einige Wochen hinein schnupperte, nahm ihn der Leiter des Bereichs, ein Beamter des gehobenen Verwaltungsdienstes, Herr Rudolf Thiele, ein lockerer Typ zur Seite und erklärte gleich zu Beginn seiner neuen Ausbildung: „Herr Schöpfel, die wichtigste Tätigkeit eines Beamten mit Publikumsverkehr bei Dienstbeginn am Morgen ist, dass der Schreibtisch des Beamten mit Schriftstücken voll belegt und dicke Aktenberge aufgestapelt werden. Es darf praktisch kaum eine unbedeckte Fläche übrig sein. Das macht Eindruck auf den Bürger. Wenn Sie dann auch nicht mehr viel tun am Tag, haben Sie trotzdem schon gewonnen."

Franz sperrte Mund und Augen auf. Sollte er diesen Ratschlag für bare Münze halten? Ihm blieb die Spucke weg. Thiele schien aus seinem Herzen keine Mördergrube zu machen und gab seine zweifelhafte Einstellung zur Arbeit offen zu. Thiele sah Franz die Betroffenheit an, so dass er schnell besänftigte: „Meine Aussage dürfen Sie natürlich nicht wörtlich nehmen." Er lachte dabei schallend.

Doch Franz stellte in den folgenden Wochen fest, dass Thiele mit seiner Feststellung tatsächlich den Nagel auf den Kopf traf. Der Beamte war wahrlich nicht von der fleißigen Truppe und war froh, im Allgemeinen in Ruhe gelassen zu werden.

Noch am selben Tag konnte sich der angehende Verwaltungsbeamte von der Wirkung des voll belegten Schreibtisches seines Vorgesetzten Thiele auf die Bürger überzeugen. Als er nach Feierabend in ein Radiogeschäft des Städtchens kam, wurde er vom Inhaber begrüßt. „Ah, Sie kenne ich, Sie sind doch bei Herrn Thiele auf dem Landratsamt. Da habe ich Sie heute sitzen sehen. Der ist ganz schön überlastet mit Arbeit, das sieht man deutlich." Franz stimmte dem Radiohändler, welcher am Vormittag kurz bei Herrn Thiele vorgesprochen hatte, zu und dachte bei sich, „wenn du wüsstest."

Einige Wochen später durchlief der Beamtenanwärter eine zweite Abteilung, die Verkehrsrechtsbehörde. Während des dreiwöchigen Urlaubs des leitenden Beamten des Fachbereichs, Herrn Alfons Gruber, saß er zwei Wochen lang an dessen Schreibtisch. Die Geschäftsvorfälle, welche für den Leiter des Amtes in dieser Zeit anfielen, konnten an einer Hand abgezählt werden. Offenbar bestand Grubers Hauptaufgabe darin, den täglichen Posteingang auf die Unterabteilungen zu verteilen. Franz wunderte sich, dass Gruber nie wirklich an einer Arbeit war, wenn er dessen Büro betrat. Gruber hatte dann immer ein beliebiges Gesetzblatt vor sich liegen und tat so, als ob er krampfhaft darin nach einer Bestimmung suchen müsste. Franz gewann unwillkürlich den Eindruck, dass Gruber buchstäblich nicht wusste, wie er im Amt den Tag totschlagen sollte. Und diese Auffassung bestätigte sich nach dessen Rückkehr aus dem Urlaub Tag für Tag aufs Neue.

122

Natürlich gab es auch Ressorts, in denen gearbeitet wurde, in denen man gezwungen war, fleißig zu sein. Franz war jedoch froh, vor seiner Beamtenlaufbahn die andere Seite kennen gelernt zu haben. Er kannte den Unterschied vom permanenten Druck des Chefs in der Privatindustrie zum öffentlich Bediensteten, welcher im Großen und Ganzen den lieben Gott einen frommen Mann sein ließ. Zahlreiche der oftmals gutdotierten Beamten lebten mit der Einstellung, „was ich heute nicht schaffe, das tu ich eben morgen." Allerdings konnten nicht alle Abteilungen und auch nicht alle Bediensteten über einen Kamm geschoren werden.

Gabi Renner war in einem anderen Gebäude, 500 Meter vom Dienstgebäude des Landrats entfernt, beschäftigt. Mit ihr hatte er ab und zu telefonischen Kontakt. Wenn sie anrief, verspürte er das Gefühl von Schmetterlingen im Bauch.

Seine Versetzung im Zuge seiner Ausbildung zum Kreissozialamt ließ sein Herz höher schlagen. Gabi freute sich über seine Anwesenheit. Und immer, wenn er sein Büro verließ, um auf die Toilette zu gehen, folgte sie ihm. Dann hatten sie Gelegenheit, ausgedehnt miteinander zu reden und zu flirten. Franz wollte sich mit ihr fürs Wochenende verabreden, sie aber meinte, sie hänge noch so sehr an ihrer Mutter und wolle noch keinen Freund.

Einen Versuch wollte er dennoch starten. Am Samstagabend tauchte er bei ihr zu Hause auf. Ihre Mutter öffnete die Haustür und erklärte, Gabi sei gerade dabei, sich die Haare zu waschen. Gleich darauf kam sie heraus mit einem Abtrocknungstuch um den Kopf gebunden. Sie schien in Franz verliebt zu sein. Zwei Stunden lang standen die beiden unter der Haustür und redeten miteinander. Gabi hatte immer noch ihren Turban umgebunden, als Franz - inzwischen war es dunkel geworden - sich nach Hause verabschiedete.

Der Zufall wollte es, dass Franz wenige Wochen später Grete Munz kennen lernte. Beide hatten am gleichen Tag Geburtstag, nur dass Grete vier Jahre jünger war als er. Sie besuchte das Gymnasium und hatte vor, nach dem Abitur zu studieren. Gretes beste Schulfreundin, Doris, kam aus demselben Ort wie Franz, aus Scheulenfeld. Sie war in die Verbindung der beiden eingeweiht und betätigte sich als gegenseitiger Kurierdienst für die Briefe und Mitteilungen der beiden. So konnten sie sich regelmäßig miteinander verabreden. Telefonisch war dies nicht möglich, weil Gretes strenger Vater von ihren Treffen nichts erfahren durfte. Um das Haus verlassen zu können, fiel ihr immer eine passende Ausrede ein.

In ihren Briefen beschrieb sie anschaulich ihre euphorische Stimmung, in der sie sich, seit sie Franz kennen gelernt hatte, befand:

„Ich gehe beschwingt durchs Wohnzimmer, die schäbige Möblierung kommt mir plötzlich richtig schön vor, ich tanze durch mein Zimmer. Das triste Wetter empfinde ich auf einmal richtig heiter. Die farblosen Gardinen sind unerwartet bunt. Selbst mein jüngerer Bruder hat die Wandlung bei mir mitbekommen. Er guckt wie ein Auto, wenn ich mich fröhlich singend auf mein Zimmer verziehe. Es ist echt der Wahnsinn. Ich nehme die Dinge wahr, die ich bisher gar nicht gesehen habe. Ich könnte Bäume ausreißen." Franz hatte sie in seinen Bann gezogen. Gretes Himmel hing voller Geigen.

Eines Morgens rief Gabi Renner Franz an seinem Arbeitsplatz an. Im Vergleich zu ihren sonstigen Anrufen, lag etwas Bedrohliches in ihrer Stimme.

„Wie geht's dir?"

124

„Ich weiß zwar nicht, weshalb du fragst, aber soweit ganz gut."

„Das denke ich mir." Ohne eine Pause zu machen, fuhr sie fort: „Du, ich weiß Bescheid", fiel sie mit der Tür ins Haus. Für Franz war die Wut in ihrer Stimme unüberhörbar. So hatte er Gabi noch nie erlebt. Er dachte daran, mit welch zuckersüßer Stimme sie sich früher immer am Telefon gemeldet hatte.

„Worüber weißt du Bescheid?"

„Frag nicht so blöd, ich habe dich gestern mit Grete Munz gesehen", drang ihre Stimme durchs Telefon. „Ich habe doch Augen im Kopf".

Franz war zwar überrascht, dass Gabi ihn mit Grete gesehen haben musste und sie diese sogar kannte, aber er sah der Attacke gelassen entgegen. Mit stoischer Gelassenheit ertrug er den Angriff von Gabi, schließlich hatte er sich nichts vorzuwerfen.

„Kennst du das Frauenzimmer schon lange", wollte sie wissen.

„Ich kenne sie erst seit ein paar Tagen", antwortete er ruhig.

„Und das soll ich glauben?"

„Glaub es oder glaub es nicht, es ist die Wahrheit," darauf Franz.

„Du wolltest mich vor den Kopf stoßen", goss sie weiter Öl ins Feuer.

„Du bist es doch, die noch so an deiner Mutter hängt", schmierte er ihr darauf aufs Butterbrot.

Ihm fiel wie Schuppen von den Augen, dass sie keine Seide miteinander spinnen würden.

125

18 Veränderung

Nach Abschluss seiner Zeit als Beamtenanwärter bewarb sich Franz Schöpfel erfolgreich bei der Stadtverwaltung Sirgenstein.

Sein Vorgesetzter an seiner neuen Stelle machte sich bei seiner Einstellung für Franz stark. Der 56-Jährige in München groß gewordene Bayer fühlte sich auf der Schwäbischen Alb richtig wohl. Er hatte buschige, schwarze Augenbrauen und war in seiner Art ein Mann von Welt.

Michael Ollmayer, der Oberamtsrat, konnte mit dem kleinen Bauern aus einem Albdörfchen oder mit einem eher unbedeutenden Waldarbeiter genauso gut umgehen wie etwa mit einem Professor oder einem Filmproduzenten oder irgendwelchen Prominenten. Er war zwar in der Stadt nicht unumstritten, doch für Franz war er ein Vorbild.

Franz hatte das Glück, in Ollmayer als Vorgesetzten, auf einen Menschen zu treffen, der ihn in allen Dingen förderte. Von Ollmayer lernte Franz viel.

Vor allem dessen schriftliche Ausdrucksweise und diplomatisches Geschick imponierte Franz.

Gertrud Gabel, seine engste Mitarbeiterin, welche für Ollmayer und für Franz Aufgaben erledigte und Briefe tippte, erwies sich zudem als Vorbild für Franz. Sie war mit ihren 57 Jahren nicht nur sehr lebenserfahren, sie war auch sehr fleißig und hatte eine gesunde Einstellung zum Leben. Obwohl Frau Gabel in Sachsen aufgewachsen war, verriet ihre Aussprache nicht, dass sie aus Deutschlands Osten stammte. Ihre warmherzige und verständnisvolle Art beeindruckte Franz sehr. Er konnte sich vieles, was sie ihm vorlebte, gerade auch im Umgang mit Mitmenschen, aneignen.

Im Gegensatz zu der Zeit im Landratsamt wurde den Beamten und Angestellten auf dem Rathaus der Kleinstadt allerhand abverlangt. Der Bürgermeister wusste im Gegensatz zum Landrat in der vorangegangenen Behörde genau, was der Einzelne leistete. Das Amt war überschaubar groß und jeder musste sich daran halten, dass er mit seinen Aufgaben fertig wurde. Der junge Beamte erhielt die Verwaltung zahlreicher öffentlicher Einrichtungen und die Protokollführung im Gemeinderat und seinen Ausschüssen übertragen. So lernte er nicht nur die Gemeinderäte näher kennen, sondern hatte auch zum Bürgermeister nahen Kontakt. Dieser hielt große Stücke auf den jungen Mann, obwohl er durch seine Behinderung gehandicapt war.

19 Versuchungen

Am Wochenende traf sich Franz mit Grete. Grete zeigte wenig Interesse an seiner beruflichen Tätigkeit. Stattdessen bedrängte sie ihn geradezu, das Abitur nachzuholen und sich in pädagogischer Richtung weiterzubilden. Doch Franz wollte sich als Behinderter mit derartigen Aussichten auf eine pädagogische berufliche Ausrichtung nicht anfreunden.

Für beide war das erste Mal zwar spannungsgeladen, aber Grete entpuppte sich dabei als seelenlos, wenig gefühlsbetont, ausgesprochen nüchtern. Sie fühlte sich kaltherzig an, kalt wie eine Hundeschnauze. Franz wurde plötzlich bewusst, dass er sich auf Dauer nicht für sie würde erwärmen können. Es gab kein zweites Mal. Ihren nahen gemeinsamen Geburtstag feierten sie nicht mehr miteinander. Während Franz von ihr noch einen Geburtstagsgruß erhielt, war es für ihn aus und vorbei.

Es war ein ausgesprochen schöner, warmer Frühlingstag, als Franz am Montagabend mit der Tischtennismannschaft seines Vereins beim Auswärtsspiel in der zehn Kilometer entfernten Kreisstadt antreten musste. Weil er etwas spät dran war, zog er gleich die Sportkleidung, eine kurze Sporthose und ein Shirt an und machte sich in seinem Auto auf den Weg zum Spiel.

Wie aus dem Boden gewachsen, sprang kurz nach einer Siedlung mit drei oder vier Häusern auf halber Wegstrecke eine junge Frau auf die Straße und stellte sich mitten auf die Fahrbahn. Mit ausgebreiteten Armen forderte sie Franz auf anzuhalten. Er stoppte den Wagen. Sie riss die Beifahrertür auf. „Kannst du mich bis zum nächsten

Ort mitnehmen?" Ohne eine Antwort abzuwarten, schwang sie sich auf den Beifahrersitz.

Sie erzählte, sie sei im Landheim in einem Nachbarort untergebracht und beim „Tag der offenen Tür", den das Heim am vorangegangenen Tag veranstaltet habe, abgehauen. Franz wusste, dass es sich bei dem Heim um eine Anstalt für schwer erziehbare Mädchen handelte.

Wie zufällig rutschte sie auf dem Beifahrersitz näher zu ihm her und streifte ihren Minirock zurück, so dass er ihren dünnen Slip sehen konnte. Plötzlich griff sie Franz unter die Sporthose. Sie spürte seine Erregung. „Fahr da vorne in den Waldweg rechts hinein", hauchte sie lüstern ins Ohr.

Einen Moment war er versucht, den Blinker rechts zu setzen und abzubiegen, aber dann entschied er sich, einen kühlen Kopf zu bewahren und setzte seine Fahrt geradeaus fort. Enttäuscht zog sie ihre Hand zurück. In der Kleinstadt angekommen, ließ er sie aussteigen.

In all den Konflikten in der Familie und unter Freunden gab es für Franz jemanden, der ihm Sicherheit und Zuversicht gab: Gott! Er war der, mit dem er redete. Er sprach zu ihm und bat ihn, ihn vor Bösem zu schützen. Indem er zu Gott sprach, versuchte er dem, was ihm im Leben widerfahren war, einen Sinn zu geben. Er glaubte zu wissen, dass Gott ihm auch seine Sehnsucht nach Liebe zu einer guten Frau stillen würde. Er glaubte ganz sicher, dass ihn Gott eine liebevolle Frau finden lassen würde.

Franz hatte trotz seiner Behinderung auch Schneid genug, zu Tanzveranstaltungen zu gehen und Mädchen zum Tanz aufzufordern. Dabei genoss er die Nähe der Mädchen, wenn sie sich an ihn schmiegten.

Bei einer Faschingsveranstaltung saß er bei spärlicher Beleuchtung im gemütlichen Gastraum neben einer jungen dunkelhaarigen Frau. Sie gefiel ihm und er spürte, dass auch er ihr nicht gleichgültig war. Sie drückte sich immer fester gegen seine Lende. Sie nahm seine rechte Hand und führte sie zu ihren Brüsten. Als er sie streichelte, richteten sich ihre Brustwarzen auf und wurden ganz hart, Maria schloss die Augen. Mit ihrer Zunge suchte sie seinen Mund und küsste ihn wollüstig.

Als Franz an die frische Luft ging, folgte sie ihm. „Können wir nicht zu dir nach Hause, hast du ein eigenes Zimmer?", wollte Maria, die sich an Franz hängte und sich an ihn drückte, wissen. Franz zögerte. Sollte er nicht, wonach er sich schon lange sehnte, zugreifen? „Ja, da ist sicher niemand mehr wach", sagte er entschlossen und sie folgte ihm gleich zu seinem Auto.

Zu Hause angekommen, holte Franz vom Keller eine Flasche Wein herauf. In seinem Zimmer – es befand sich im Gegensatz zu den Schlafgemächern seiner Eltern und Geschwister im Erdgeschoss - setzten sich die beiden auf sein Bett. Maria, die bis auf eine etwas spitze Nase ganz hübsch aussah, wartete mit lustvollen Augen darauf, dass er sie berühren würde. Franz sah sie lächelnd an. Franz musterte das Mädchen, das mit ihrer Zunge über ihre Lippen strich. Sie legte ihren Kopf in den Nacken. Franz zögerte, sie zu berühren. Maria wurde unsicher. „Du, ich muss dir etwas gestehen." Maria holte tief Luft. „Ich habe einen dreijährigen Sohn."

Sie erzählte, sie sei 19 Jahre alt, arbeite in einer Zwirnerei, und der Vater ihres Kindes komme regelmäßig zu ihr. Sie müsse ihm dann zu Diensten sein und mit ihm

130

schlafen. Maria sagte, dass der Vater ihres Kindes Paul Pauschel aus einem Nachbarort sei.

Franz kannte den angeblichen Vater von Marias Kind flüchtig. Pauschel hatte sich ihm gegenüber früher einmal recht unflätig verhalten. Franz wusste, dass Pauschel zu Gewalt neigte und sehr zornig sein konnte. Mit ihm wollte er nichts zu tun haben, ihm wollte er nicht in die Quere kommen.

Maria ahnte, dass aus dem geplanten Schäferstündchen nichts werden würde.

Als Franz keine Worte fand und unfähig war, etwas zu sagen, sagte sie: „Jetzt sind Sie enttäuscht von mir. Sie sagte plötzlich „Sie".

Auf einmal war ihr klar, dass es in dieser Nacht zu keinem Liebesabenteuer kommen würde. So sehr Franz bereit gewesen wäre, mit einer Frau zu schlafen, so froh war er, dass es auf seinem Zimmer zu keinen Berührungen gekommen war. Eine Frau, die gleich bei der ersten Gelegenheit mit einem Burschen ins Bett geht, wollte er nicht. Er hatte sich als Frau fürs Leben etwas anderes vorgestellt, und nur das suchte er.

Bei der Stadtverwaltung war Franz der einzige Bedienstete, der einen weiteren Arbeitsweg hatte und somit nicht nach Hause zum Mittagessen konnte. Sein Vorgesetzter bot ihm an, im Städtischen Altersheim, dem Spital, das sich keine hundert Meter vom Rathaus entfernt befand, das Mittagessen einzunehmen. Da Franz ohnehin mit der Verwaltung des Altersheims zu tun hatte und öfters dienstlich in das Haus kam, nahm er das Angebot an und meldete sich an manchen Tagen zum Essen an. Dabei konnte er im Speisezimmer des Personals im Spital essen, nachdem die Bediensteten schon mit ihrem Essen fertig waren.

Während der großen Ferien nutzte Inge Häberle, eine zwanzigjährige auszubildende Kindergärtnerin, die Gelegenheit, praktische Erfahrungen im Umgang auch mit den Alten zu sammeln und nebenbei etwas hinzuzuverdienen. Sie leistete Franz an manchen Tagen im Speisezimmer Gesellschaft. Sie unterhielten sich angeregt. Franz merkte, dass sie ihn sympathisch fand.

Nachdem sie ihn an den nächsten Tagen, während er sein Essen einnahm, unterhalten hatte, bat sie ihn am folgenden Montag, noch ins Schwesternzimmer mitzukommen. Da könne man sich besser unterhalten. Sie habe noch Mittagpause und wolle sich noch etwas ausruhen.

Franz folgte ihr und sie schloss von innen die Tür ab. „Die Alten lassen mir während meiner Mittagspause keine Ruhe, immer wieder werde ich von denen gestört", sagte sie. Inge streckte sich auf der Polstergarnitur, die in der Ecke des Schwesternzimmers stand, aus. Franz setzte sich auf den Bürostuhl beim Schreibtisch.

Dann begann Inge zu erzählen: „Ich war übers Wochenende bei einer Freizeit für Mädchen. Sowas von langweilig ohne Männer dabei. Fünfzehn Mädchen und kein einziger Mann. Ich kann dir sagen, da gehen dir mit der Zeit die Weiber auf den Wecker."

Franz räusperte sich und lachte. „Ja, so ist das eben bei einer Mädchenfreizeit". Inge, etwa eins sechzig groß, mit makellosem Teint und üppigem Busen, räkelte sich auf ihrer Couch. „Du kannst dir nicht vorstellen, wie einfallslos, geistlos, stumpfsinnig und trostlos, fantasielos und uninteressant, einfach sterbenslangweilig so ein Abend ohne einen einzigen Mann, ist."

Franz lächelte und blieb dabei auf dem Schreibtischstuhl sitzen. Zweifellos war Franz klar, dass sie scharf auf ihn war.

„Hey, kapierst du nicht", flüsterte sie zu ihm hinüber.

Er spürte, dass sie ihn wollte. „Was soll ich denn kapieren", stellte er sich dumm.

„Du bist ein Mann, ich eine Frau, na ja, da wüsste ich was Schönes."

„Ja es gibt schöne Dinge im Leben. Schönes Wetter zum Beispiel, ein gutes Mittagessen, ein interessantes Fußballspiel oder etwa ein spannendes Buch."

„Du kannst doch nicht so doof sein, begreifst du nicht."

Franz begriff schon, zeigte es ihr aber nicht. Er sah auf seine Armbanduhr, erhob sich von dem Bürostuhl, ging auf sie zu - sie grinste erwartungsvoll - doch er breitete nur die Zudecke, welche neben Inge auf dem Sofa lag, über ihr aus und erklärte, „es ist schon kurz vor halb zwei, ich muss mich wieder an die Arbeit machen."

Er schloss die Zimmertür des Dienstzimmers auf, die das Mädchen verriegelt hatte, und ging.

Am Freitag darauf, als Franz wieder zum Mittagessen im Spital erschien, erwartete Inge Franz im Speisezimmer bereits. „Schön dass du auch mal wieder kommst. Ich habe die Gespräche mit dir vermisst." Inge erzählte von ihrem zu Hause. Sie habe eine sechzehnjährige Schwester, die ein ganz anderer Typ sei als sie selbst. Ihre Schwester sei großgewachsen und auch äußerst attraktiv. Ihr Vater, erzählte Inge, arbeite auf dem Bau und jetzt habe er gesagt, wenn sie, Inge, den Mann zum Heiraten gefunden habe, erhalte sie seinen Bauplatz, der bereits voll erschlossen sei. „Zumindest den Rohbau wird mein Vater in Eigenleistung hinstellen", wurde Inge deutlicher.

„Dann musst du nur noch den Mann dazu finden", meinte Franz darauf.

„Du, ich habe eine schöne Nachricht."

Franz stutzte.

„Meine Schwester, die mit mir und unseren Eltern zusammen im Haus wohnt, ist übers Wochenende bei einer Freundin zum Übernachten eingeladen. Jetzt habe ich für diese zwei Tage meinen Eltern eine zweitägige Reise geschenkt und bereits gebucht. „Du kannst dir denken, dass ich nun sturmfrei habe. Besuchst du mich morgen Abend?"

Erwartungsvoll schaute die junge Frau Franz an. Franz wusste genau, was dies bedeuten würde, was sie damit erreichen wollte. Doch er hatte das Wochenende schon anderweitig verplant. Sie schien enttäuscht zu sein, hatte sie sich das doch so genial ausgedacht.

Franz schlug vor, dass er sie am übernächsten Samstag um neunzehn Uhr abholen werde, wenn ihr das recht wäre.

Franz wusste, dass es ein gewagtes Spiel werden würde, sich mit Inge einzulassen, denn er hatte sich etwas anderes von einer zukünftigen Frau vorgestellt. Trotzdem reizte ihn ein Abenteuer mit ihr.

Am Samstag, eine Woche später, machte sich Franz auf den Weg, um sie in ihrem Elternhaus abzuholen. Eine ältere, freundliche Frau öffnete die Haustür. Das musste die Mutter von Inge sein. „Ich bin mit ihrer Tochter Inge verabredet", stellte sich Franz vor. „Oh Gott", erschrak die Frau. „Das muss Inge ganz vergessen haben. Sie wusste nämlich nicht, was sie heute Abend unternehmen sollte. Vor einer halben Stunde kam eine Freundin von ihr, um sie zu fragen, ob sie mit ihr ausgehe und dann ging sie mit. Das wird sie aber ärgern, wenn sie erfährt, dass sie so ein netter junger Mann hätte abholen wollen."

Franz war enttäuscht. Trotzdem konnte er verstehen, dass er, nachdem er mit Inge nicht noch einmal Kontakt aufgenommen hatte, sie dieses geplante Treffen vergessen haben könnte. Dennoch war er stinksauer und dies würde er ihr auch zeigen, wenn er sie wieder im Spital antreffen würde.

Am Montag zur Mittagspause erwartete Inge Franz bereits, kaum dass er das Obergeschoss des Altersheims betreten hatte. „Es tut mir so leid, dass ich ..." Franz unterbrach sie: „Komm mir doch nicht mit sowas, da kannst du dir einen anderen suchen, dem du einen derartigen Schwachsinn erzählst."

„Ich habe unser Date aber tatsächlich ganz vergessen. Letzte Woche war sehr viel los und..." Franz unterbrach sie erneut: „Weißt du, mit so einer Frau, die so oberflächlich und unzuverlässig ist wie du, kann ich nichts anfangen. Außerdem zeigt dein vergessliches Verhalten, dass du dich in Gedanken nicht groß mit mir und uns auseinandergesetzt hast."

Er ließ sie stehen und ging ins Speisezimmer.

Franz war noch am Essen, da kam Inge noch einmal ins Zimmer zu ihm und sagte: „Ich entschuldige mich nochmal, es tut mir leid, und dies meine ich ganz ehrlich, dass ich unser Rendezvous vergessen habe."

Franz erwiderte nichts.

„Vielleicht ist es besser so", fuhr sie fort, „ich glaube, du wärst für mich eh zu schade und zu anständig gewesen." Franz sagte: „Dann ist es sowieso besser, du gehst deine Wege und ich meine." Inge wartete auf eine weitere Reaktion von ihm. Doch er ließ sich bei seiner Mahlzeit nicht weiter stören. Inge trottete aus dem Speisezimmer.

Franz war sich sicher, dass das alles so laufen musste und ihn Gott auch in diesem Fall davor bewahrt hatte, einen Fehler zu begehen.

20 Die Frau fürs Leben

Gut ein Jahr später:

Hanna teilte Franz unter der Woche in einem Brief mit, dass sie sich unerwartet dazu entschlossen habe, ihre langen Haare schneiden zu lassen. Mit ihren kürzeren Haaren und der neuen Frisur sei sie sicher ein ganz anderer Typ und sie wisse nicht so recht, ob das zu ihrem Vorteil ausgefallen sei. In ihrer Umgebung sei ihr neues Aussehen durchaus positiv aufgenommen worden. Sie wisse aber nicht, ob Franz sie noch erkennen und sie ihm gefallen werde, wenn sie sich am nächsten Sonntag wieder sehen würden, schrieb sie.

Für Franz war es keine Frage, dass ihm Hanna auch mit neuer Frisur gefallen würde, denn sie war hübsch und nicht nur hübsch, sondern auch von einer netten, von Herzenswärme geprägten Wesensart. Ihre freundliche Art beeindruckte Franz. Mit ihrer bezaubernden Eigenheit hatte sie längst Franz` Herz erobert. Ihre anmutige Aura gefiel ihm. Auch ihr natürliches Charisma übte eine große Anziehungskraft auf Franz aus. Er fühlte sich in ihrer Nähe wohl.

Es kam ihm vor, als ob die Sonne, seit er Hanna begegnet war, heller schien.

Franz hatte Hanna mitten im Hochsommer kennengelernt und, da sie 80 Kilometer von ihm entfernt wohnte, vereinbarten sie, sich auf halbem Weg zum Picknick zu treffen.

Hanna, mit ihrem schon etwas Rost ansetzenden NSU Prinz und Franz mit seinem kaum neuwertigeren Volkswagen, trafen etwa zur gleichen Zeit am vereinbarten Treffpunkt ein. Sie umarmten sich herzlich, als wären sie schon lange ein Paar. Franz fiel auf, dass ihn

Hanna permanent mit seinem Namen ansprach. Nie zuvor hatte jemand ständig seinen Namen genannt, wenn er angesprochen wurde. Zu keiner Zeit vorher fand er seinen Namen so wohlklingend.

Gemeinsam suchten und fanden sie abseits der Straße auf einer Heide mit Wacholdern ein Plätzchen für ihr gemeinsames Picknick. Franz war erneut fasziniert von Hanna. Hatte sie doch einen halben Haushalt voller Dinge aus der Küche mitgebracht. Sie breitete eine große Decke auf dem Boden aus und tischte allerlei Essen und Getränke mit Nachtisch, Kaffee und Kuchen und sogar einige Dekorationsgegenstände aus. Ihr maisgelbgeblümtes kurzes Kleid ließ ihre schlanken Beine und ihre bezaubernde Figur deutlich hervortreten. Sie war sehr geschmackvoll gekleidet.

Ihre Ausgeglichenheit, Warmherzigkeit und ihre menschliche Art ließ sie ihm sympathisch erscheinen. Ihre mädchenhaften, fließenden Bewegungen gefielen Franz.

Sie hatte gepflegte Hände. Die Fingernägel waren lackiert, aber mit glänzendem farblosem Nagellack, ebenso ihre Zehennägel, was Franz dadurch, dass sie Sandalen trug, sehen konnte. Ihr Gesicht hatte sie dezent jedoch ausdruckstark geschminkt. Ihre großen braunen Augen strahlten Franz immerzu an.

Auch dass sie rauchfrei war und das Rauchen genau so hasste wie Franz, gefiel ihm außerordentlich. Er hatte sich fest vorgenommen, sich nie mit einer Frau zu verbinden, die qualmte.

Ihr unterhaltsamer Plauderton, die Weichheit und Wärme in ihrer Stimme faszinierte Franz. Sie begann von ihrem Zuhause zu erzählen: Ihr Vater Reinhold, gelernter Schuhmacher, arbeitete in einem Textilbetrieb und hatte bis vor kurzem noch eine kleine Nebenerwerbs-landwirtschaft betrieben.

Er sei 55 Jahre alt und besitze nur den Führerschein für seine landwirtschaftliche Zugmaschine. Damals, als er den Führerschein erwarb, habe er sich nicht vorstellen können, dass einfache Leute wie er, imstande wären, sich jemals ein Auto zu leisten. Heute bedauere er na-türlich, nicht gleich die Fahrerlaubnis fürs Auto erworben zu haben. „Leider hat er mir durch diese Tatsache auch verweigert, aufs Gymnasium zu gehen." Hanna erzählte weiter: „Mein Vater sagte dann, wenn er zum Eltern-abend oder irgendwelchen schulischen Veranstaltungen eingeladen würde, hätte er kein Auto und er könnte nicht daran teilnehmen, weil sich die Schule nicht vor Ort befände. So wäre es besser, ich würde auf der Hauptschule bleiben."

Hanna selbst bedauerte, dass sie somit nicht einen hö-heren Bildungsabschluss erreichte, denn vom Können her hätte es keinen Zweifel gegeben, dass sie ohne wei-teres in der Lage gewesen wäre, das Abitur zu schaffen und zu studieren.

Hanna war behütet, zusammen mit ihrer 15-jährigen Schwester, aufgewachsen. Von ihrer Mutter, die auch nach Aufgabe der Landwirtschaft in einer Textilfirma als Näherin arbeitete, hatte sie viele Eigenschaften ange-nommen. Etwa die, den Haushalt ordentlich zu versor-gen, zu kochen, zu bügeln, und überhaupt für ein schö-nes Heim und einen schönen, blühenden Garten zu sor-gen.

Mit Hanna hatte Franz ein außerordentlich attraktives Mädchen kennen gelernt und er hatte sein Herz an sie verloren. Er spürte, das musste die Frau fürs Leben sein.

Zaghaft legte er seinen Arm über ihre Schulter, wie sie so auf dem Bauch lagen, und spürte ganz leicht ihre Brust.

Mit ihrem nächsten Treffen wollten die zwei nicht eine ganze Woche warten. Schon für den nächsten Mittwochnachmittag vereinbarten die beiden einen Treffpunkt auf einem Parkplatz vor einem Dorf in der Nähe von Hannas Heimatort. Hanna war als Sekretärin bei einem größeren Unternehmen angestellt und konnte aufgrund der Gleitzeitregelung nachmittags freinehmen.

Während Franz, der Urlaub einreichte, pünktlich am vereinbarten Treffpunkt eintraf, war Hanna noch nicht da. Franz wartete zehn Minuten, er wartete zwanzig Minuten. Hanna kam nicht.

Sollte er sich so in ihr getäuscht haben. Das konnte er sich nicht vorstellen. Vielleicht hatte sie sich in der Uhrzeit vertan? Franz konnte sich keinen Reim aus ihrem Fernbleiben machen. Vielleicht meinte sie auch, Treffpunkt sei vor der nachfolgenden Ortschaft. Dort sah der Parkplatz ähnlich aus, wie vor dieser Siedlung.

Franz machte sich auf den Weg dorthin. Doch auch auf dem Parkplatz vor dieser Gemeinde wartete niemand. Enttäuscht fuhr er wieder zurück. Unterwegs rief Franz aus einem Telefonhäuschen die Durchwahlnummer ihres Arbeitsplatzes an. Eine Kollegin erklärte, Hanna Bitzer sei schon vor einer Stunde gegangen; sie nähme heute Nachmittag frei.

Also musste etwas anderes dazwischen gekommen sein. So begab sich Franz wieder zum ursprünglich vereinbarten Parkplatz. Hanna war auch in der Zwischenzeit nicht eingetroffen.

Franz nahm sich vor, zu warten, bis eine Stunde nach dem vereinbarten Zeitpunkt verstrichen sein würde. Vielleicht hatte sie statt dreizehn Uhr als Zeitpunkt ihres vereinbarten Treffpunkts vierzehn Uhr in Erinnerung. Er mochte es sich gar nicht vorstellen, was sein würde, wenn sie nicht käme.

Er trat von einem Fuß auf den anderen, spähte nach jedem herannahenden Auto und hoffte auf einen NSU-Prinz. Fünf Minuten vor Ablauf seines selbst auferlegten Ultimatums steuerte ein alter NSU Prinz auf den Parkplatz zu.

Es war Hanna. Lachend sprang sie aus dem Auto heraus und beide stürzten einander entgegen, nahmen sich in die Arme und küssten sich innig. Es war das erste Mal, dass sie sich küssten. Vorbeifahrende Autofahrer hupten. Beide waren erleichtert.

„Heute früh bei dem Nebel hatte ich, als ich auf dem Parkplatz bei der Firma parkte, vergessen, das Licht am Auto auszuschalten. Wie ich heute Mittag losfahren wollte, ging nichts mehr, die Batterie war leer. Bis ich von jemand Starthilfe bekam verstrich eine Menge Zeit, ich dachte nicht, dass du noch da sein würdest. Ich wäre jetzt nach Hause gefahren und hätte dir mein Erlebnis in einem Brief geschildert."

Die zwei Verliebten brachen danach zu einer rustikalen Wanderung zum steil, hoch aufragenden Albtrauf auf. Beide hatten ihre Büroschuhe angezogen, ließen es sich aber nicht nehmen, über Stock und Stein, querfeldein die steile, mit Sträuchern und lichten Bäumen und Büschen bewachsene Halde hinauf zu klettern. Auch eine Geröllhalde musste dabei, teilweise auf allen Vieren, überwunden werden. Franz war es wichtig, Hanna zu zeigen, dass er trotz seiner Behinderung im Stande war, auch solche Unternehmungen mit Freuden zu bewältigen. Franz spürte, dass Hanna sich an seiner körperlichen Beeinträchtigung nicht störte und damit unbefangen umging.

Mit roten Gesichtern und schweißgebadet aber glücklich auf dem weiten Hochplateau angekommen, genossen die beiden nach ihrer Kraxelei den Ausblick ins Tal und zu den gegenüberliegenden hohen Bergrücken.

Ein kleines Dorf befand sich in der abgeschiedenen Gegend, zu der nur eine schmale Straße hinaufführte, in Sichtweite. Am Waldesrand lockte ein Kaffeerestaurant zur Einkehr. Die Gasträume waren hell und durch die hohen Fensterscheiben erschien die Natur ganz nahe. Kaffee und Kuchen schmeckten besser als sonst.

Nach ihrer Einkehr schlenderten die Verliebten Hand in Hand am Trauf entlang und fanden eine gemütliche Ruhebank. Immer wieder verlor sich Franz in ihren braunen Augen. Ihr dunkelbraunes Haar glänzte. Er spürte, jenes Gesicht, in das er sah, war nicht, wie bei anderen Mädchen eine Maske. In diesem Gesicht spiegelte sich jede Emotion wider. Er fühlte sich von Hanna stärker akzeptiert als von jedem Menschen, dem er bisher begegnet war. Sie war eine der Frauen, die das Herz eines Mannes höher schlagen lässt und dennoch spürte er mit Gewissheit, dass sie etwas hatte, was alle die Frauen, mit denen er bisher angebandelt hatte, nie und nimmer besaßen. Er musterte und liebkoste die Rundungen ihres schlanken Körpers. Sie hatte ihn mehr durcheinander gebracht, als er je gedacht hatte. Mit dieser Frau an seiner Seite plante er, sein Leben zu teilen. Mit ihr wollte er den Rest seines Lebens verbringen. Als die beiden am Abend bei ihren Fahrzeugen wieder anlangten, senkte sich bereits die Sonne hinter dem Horizont.

21 Mentalitätsunterschiede

Einige Zeit später wollte Hanna Franz ihren Eltern vorstellen. Franz freute sich darauf, hatte aber gleichzeitig Vorbehalte im Hinterkopf, wie wohl ihre Eltern auf seine Behinderung reagieren würden.

Hannas Vater, Reinhold, ein schlanker, schlichter Mann, der durchaus eine attraktive Gesamterscheinung darstellte, bot Franz, schon nach wenigen gewechselten Worten, das „du" an. Die Art wie er redete, ließ Franz eine väterliche, freundschaftliche Person erkennen, die sich zu den bescheidenen Menschen zählte. Franz lernte ihn auf der einen Seite als religiös, auf der anderen Seite als zupackend und militant, aber auch extrovertiert mit Vorliebe philosophierend kennen. Er folgte nicht dem Herdentrieb anderer, war im Roten Kreuz engagiert und in der Dorfgemeinschaft höchst angesehen. Einmal im Jahr spendete er einen für seine bescheidenen Einkommensverhältnisse größeren Betrag für missionarische Zwecke.

Die Mutter von Hanna hatte ein fast manisches Bedürfnis, alles recht machen zu wollen. Sie legte Wert darauf, frei von Mängeln angezogen zu sein. Auch wollte sie nie jemandem einen Anlass geben, an ihr etwas aussetzen zu können. So achtete sie vordergründig darauf, dass in der Wohnung kein Staub und kein Dreck vorhanden war, dass die Schuhe stets glänzten und dass die Wäsche immer akkurat im Schrank aufgestapelt war. Frida konnte sicherlich sehr gut kochen, denn sie hatte geradezu ein Festtagsmenü gezaubert. Renate, die jüngere Schwester Hannas, machte mit ihrer unbekümmerten Art Franz ebenfalls die Aufnahme in der Familie Bitzer leicht. Reinhold, ein ebenso überzeugter wie waschechter Schwabe, der nie einen Hehl aus seiner schwäbi-

143

schen Herkunft machte und sich so ausdrückte wie ihm der Schnabel gewachsen war, benutzte Wörter, welche selbst Franz als ureigenem Schwaben fremd waren.

Die Tatsache, dass in der Heimatgegend von Hanna ein ganz anderer, rustikaler schwäbischer Dialekt gesprochen wurde, brachte es mit sich, dass Franz von Hannas Vater immer wieder einzelne Wörter nicht verstand, und nachfragen musste, was einzelne Vokabeln bedeuteten.

Überhaupt wurde Franz schnell unmissverständlich klar, dass Hannas Heimatdorf ausgesprochen pietistisch geprägt war. Die Mentalitätsunterschiede, die zwischen den Menschen in seiner Heimatgemeinde und der Bevölkerung in Hannas Wohnort bestanden, waren gravierend. So war es für Franz manches Mal nicht leicht zu verstehen, dass man das, was man einem anderen zu sagen hatte, umständlich umschrieb und mit der Wortwahl vorsichtig und zurückhaltend umging. Nur niemand vor den Kopf stoßen. In Scheulenfeld wurde die direkte Art der Ausdrucksweise bevorzugt. Man war beim Wortwechsel meist deutlicher und direkter und war bei dem, was man sich zu sagen hatte, nicht langatmig und vorsichtig.

Dann kam der Sonntag, an dem Hanna zum ersten Mal Franz` Familie kennenlernen sollte. Sie hatte gerade ihren altersschwachen NSU Prinz gegen einen neuen VW-Käfer eingetauscht und tauchte mit diesem hellblauen Auto in Scheulenfeld auf.

Franz` Eltern und Geschwister staunten nicht schlecht, als sie Hanna zum ersten Mal sahen. Mit so einer netten Freundin ihres Sohnes und Bruders, voller Anmut, hatten sie nicht gerechnet. Insbesondere Franz` Vater strahlte mit seinem Sohn um die Wette. Er spürte, sein Sohn hatte einen richtig guten Menschen als Partnerin gefunden. Im Elternhaus von Franz wurde Hanna mit großer Freude aufgenommen. Und Franz war darauf stolz.

Und Hanna selbst genoss es auch, dass man sie im Kreise der Familie Schöpfel mit offenen Armen empfing.

Hanna versprach, nach diesem ersten Eindruck, den sie von Franz' Umfeld und von Scheulenfeld gewonnen hatte, wiederzukommen.

22 Das Lügengeständnis

Ein halbes Jahr später lud ein früherer Schulkamerad alle seine Jahrgänger und die Mädchen aus der ehemaligen Schulklasse zu seiner Hochzeitsfeier ein. Zahlreiche der über 30 Klassenkameraden und Jahrgängerinnen aus vergangenen Tagen hatten zu diesem Zeitpunkt schon geheiratet und Familien gegründet. Doch niemand hatte die Schulfreunde bei seiner Hochzeitsfeier dabei haben wollen. Hans Herzog war der erste, der seine Hochzeit mit den Gleichaltrigen aus seiner Schulzeit feiern wollte.

Franz war zum ersten Mal mit seiner Freundin so richtig in der Öffentlichkeit in seinem Heimatort zusammen. Nicht nur er war von ihrer Ausstrahlung fasziniert. Auch seine Schulkameraden und die Mädchen aus seiner früheren Schulklasse empfanden sie sympathisch.

Wolfgang Schöllhammer, den Franz in den zurückliegenden Jahren aus den Augen verloren hatte, kam auch zur Hochzeit, und zwar ohne Begleitung. Er hatte zwar seit vielen Jahren eine feste Freundin, die bisher vergeblich darauf wartete, dass er um ihre Hand anhalten würde, aber er galt als Porschefahrer schlechthin als Frauenheld. Er zeigte an diesem Tag ein Verhalten, das höchst auffallend und ungewöhnlich für ihn war. So alberte ständig herum, gab Witze von sich und benahm sich außerordentlich aufgedreht. Sein seltsames Benehmen kam Franz merkwürdig vor. Bis sich dieser zu Franz und seiner Freundin setzte.

Er war dunkelrot im Gesicht, seine strähnigen blonden Haare hatte er nach hinten gekämmt. Wolfgang war sehr modisch gekleidet und trug spitzzulaufende Markenschuhe. „Franz", fing er mit merkwürdig gedämpfter unsicherer Stimme an, „ich hatte vor diesem heutigen

Tag wahnsinnig Angst. Ich habe im Vorfeld des heutigen Tages erfahren, dass du eine Freundin hast, mit der du heute zur Hochzeit unseres Schulkameraden Hans Herzog kommen würdest." Wolfgang machte eine Pause und schluckte schwer. Er schien zu überlegen, wie er zu reden beginnen sollte. "Ich befürchtete, dass deine Freundin etwas hässlich sein würde, weil du als Behinderter nicht so chancenreich wie ein Gesunder sein würdest. Und ich wäre schuld daran."

Franz hielt den Atem an. Da steckte sicherlich noch mehr dahinter.

"Jetzt bin ich dermaßen überrascht und erstaunt, was für ein liebenswürdiges Mädchen du gefunden hast."

Plötzlich brach Wolfgang in Tränen aus.

"Ich habe dir schweres Unrecht angetan. Ich habe damals vor Gericht die Unwahrheit gesagt, indem ich behauptete, ich hätte im Schulsport mit der Hand zugeschlagen. Tatsache ist, dass ich mit der Faust zuschlug. Durch mein Lügen damals vor Gericht, habe ich dir eine Entschädigung vorenthalten."

Franz stockte der Atem. Jetzt also legte sein Schädiger etwas an den Tag, was er, Franz, schon lange wusste.

Weinerlich erzählte der blonde Ingenieur weiter. Er wischte sich Tränen aus den Augen: "Ich bin heute in psychotherapeutischer Behandlung und habe deswegen schon viel Geld ausgegeben. In meinen Prüfungen und im Beruf drohte ich zu versagen, weil mich dies alles enorm belastet."

Nach einer erneuten Unterbrechung, bei der er von Franz zu Hanna und dann beschämt vor sich hin auf den Tisch sah, fuhr er fort: "Ein Vertreter der Haftpflichtversicherung meiner Eltern hat damals, als es zum Prozess kam, meinen Eltern und mir Angst eingejagt, indem dieser sagte, wir müssten dir von unserem Privatvermögen Entschädigungsleistungen bezahlen, wenn der Prozess verloren werde und die Versicherungssumme von einer Million Mark aufgebraucht sei. Ich müsste auf Teufel komm raus abstreiten, dass ich damals in der Schule im Sport mit der Faust zugeschlagen habe. Nur so hätten wir die Chance, den Rechtsstreit nicht zu verlieren", schenkte der ehemalige Mitschüler Franz und seiner Freundin weiter klaren Wein ein. „Dies tut mir unsäglich leid", ging sein Schulkamerad in sich. Wolfgang schluchzte nun geradezu.

Während Hanna Wolfgang zu beruhigen versuchte, hatte es sich Franz schon lange an zehn Fingern abzählen können, dass damals vor Gericht Lug und Trug gesiegt hatten. Auch auf Zureden des Gerichts war Wolfgang seinerzeit keinen Fingerbreit von seiner festgefassten Aussage abgewichen. Franz überkam ein flaues Gefühl im Magen. Dann fuhr der geständige einstige Mitschüler fort. „Ich komme nicht darüber hinweg, dass ich dir damals schweres Unrecht zugefügt habe. Weil ich wieder gutmachen will, was ich dir angetan habe, werde ich entweder keine oder eine behinderte Frau heiraten."

Für Franz Schöpfel war diese Aussage seines früheren Schulkameraden bitter, zehn Jahre nach dem Unfall gestanden zu bekommen, dass sowohl Wolfgang, als auch Ostertag, damals die Wahrheit mit Füßen getreten hatten.

Jetzt war es Franz zum Heulen. Jedoch sein Glück, das er mit Hanna gefunden hatte, ließ ihn über das unerwartete Geständnis seines Schädigers hinwegkommen.

23 Die Hochzeit

Die Großeltern von Franz hatten beschlossen, ihm ihr Haus zu vererben. So konnten Franz und Hanna Pläne für den Umbau und Teilabriss des Bauernhauses schmieden. Die Großeltern von Franz wehrten sich gegen einen gänzlichen Abriss des Hauses und wollten während der Bauarbeiten in ihrer Wohnung im Erdgeschoss wohnen bleiben.

So blieb die Wohnung im Parterre, welche aus einer Wohnstube, der Schlafkammer und der Küche bestand, vom Abbruch verschont. Im Wohnzimmer strahlte in der kalten Jahreszeit ein gemütlicher holzbefeuerter Kachelofen angenehme Wärme aus. Die Tretnähmaschine der Großmutter fand auch ihren Platz in dem Raum. Vom Wohnzimmer aus ging es in die Schlafkammer. In ihr hatte auch eine Waschkommode, wo sich der Großvater immer rasierte, ihren Platz.

Das Haus war 1895 gebaut worden und besaß einen großen Gewölbekeller. Im Jahre 1905 hatte es der Vater von Franz´ Großmutter von den Erbauern erworben, bevor diese nach Amerika auswanderten.

Eineinhalb Jahre später waren die Bauarbeiten an ihrem neuen Eigenheim abgeschlossen. Für den Sommer 1975 planten die Beiden ihre Hochzeit.

Zwei Tage vor der Hochzeitsfeier war die standesamtliche Hochzeit auf Donnerstagabend um achtzehn Uhr auf dem Rathaus in Scheulenfeld terminiert. Hanna wollte mit ihrem VW-Käfer, mit ihren Eltern und ihrer Schwester zur Trauung erscheinen. Während die Familie des Bräutigams erwartungsvoll und ungeduldig in Festtagskleidung fünf Minuten vor dem anberaumten Termin vor dem Haus auf die Braut warteten, war von dieser immer noch nichts zu sehen. Der Vater von Franz bekam es mit der Angst zu tun. „Ich befürchte, Hanna hat es sich nochmal anders überlegt; die kommt gar nicht." Er konnte es sich nicht vorstellen, dass man an einem solchen Festtag so knapp mit der Zeit kalkulieren konnte. Franz aber blieb, auch nachdem es eine Minute vor Sechs war und Hanna immer noch nicht erschienen war, gelassen. „Hanna ist zuverlässig, aber nicht pünktlich". Diese Erfahrung hatte er mittlerweile schon des Öfteren gemacht. Punkt achtzehn Uhr bog ein blauer VW-Käfer in die Fuchsgasse ein und fröhlich stiegen Hanna und ihre Angehörigen aus dem Auto aus. Hanna lachte. „Es war sehr viel Verkehr." Franz kannte zwischenzeitlich die Standardbegründung seiner Braut, wenn sie wieder einmal mit der Zeit knapp kalkulierte, zur Genüge. Doch alle waren erleichtert und Franz hatte Recht behalten. Der Standesbeamte aber musste sich noch etwas gedulden.

Franz und Hannas Eltern und Geschwister traten zehn Minuten nach der vereinbarten Zeit vor den Standesbeamten. Der Hochzeitsmarsch von Felix-Mendelssohn Bartholdy vom Tonband des Bürgermeisters, sorgte für feierliche Stimmung. Hanna war von der festlichen Stimmung so ergriffen, dass ihre Hände, als Franz sie berührte, ganz kalt waren.

Einerseits freute sich Franz auf die bevorstehende Hochzeit, andererseits aber fürchtete er sich vor diesem Tag. Musste er sich doch dann vor der gesamten Verwandtschaft seiner Braut vorführen. Jeder sah, dass er als Behinderter daher kam. In Scheulenfeld machte ihm dies nichts aus, da kannte ihn jeder und jeder wusste, warum er die Gehbehinderung hatte. Aber bei den Bekannten, bei den Freunden und Kollegen und Kolleginnen sowie dem Anhang von Hanna, mit welchem er noch nicht

bekannt geworden war, fürchtete er sich, sich als Behinderter zeigen und präsentieren zu müssen.

Zwei Tage nach der standesamtlichen Trauung wurde
Franz von seinem Bruder im blumengeschmückten
Hochzeitsauto in Hannas Wohnort gefahren, um seine
Braut abzuholen.

Franz schloss Hanna als wunderschöne Braut mit einem
zauberhaften, langen Brautkleid in seine Arme. Mit ihrer
gespannten Erwartung und einem Hochgefühl der Freude und Glückseligkeit steckte Hanna auf der Fahrt zurück nach Scheulenfeld Franz an und weckte auch in
ihm die Vorfreude auf den Tag.

Schon der Einzug des Brautpaares in die Kirche von
Scheulenfeld wurde zu einem unvergesslichen Erlebnis
für Franz und Hanna. Das ganze Dorf wollte an der
kirchlichen Trauung teilhaben und strahlte mit dem
Brautpaar um die Wette. Von der Empore winkten Kolleginnen und Freundinnen von Hanna herunter, Hanna
winkte zurück. Eng nebeneinander traten die beiden
Brautleute vor den Traualtar.

Pfarrer Bernecker ging in seiner Predigt auf das Schachspiel, in dem König und Dame eine große Rolle spielen,
ein, weil er wusste, dass Franz vor ein paar Jahren in
Scheulenfeld einen Schachclub gegründet hatte und das
Schachspiel zu seiner Passion gehörte.

Verwandtschaft und Freundeskreis der Braut dachten
sich bei der abendlichen Feier unzählige humorvolle Bei-
träge, Vorträge, und Darbietungen aus, führten Sketche
auf und trugen zu einem kurzweiligen humorvollen Programm bei. Franz und Hanna packten viele interessante
Päckchen und Pakete aus. Von Hannas Schulkameraden
war eine Wäscheleine, an der unzählige nützliche Ge-
genstände für Haus und Haushalt angebracht waren, in

einem großen Paket enthalten. Zur Freude der Gäste spannte das Brautpaar die Leine über der Tribüne im Hochzeitssaal auf. Zahlreiche Kinder umsäumten und umlagerten das Brautpaar und waren gespannt, was wohl das nächste Paket für eine Überraschung enthalten würde.

Die Schulkameraden und die ehemaligen Klassenkameradinnen von Franz mit ihren Partnerinnen und Gefährten, schauten dem Programm, das Hannas Freunde auf die Bühne zauberten, fasziniert zu. Sie selber starteten dann zu einer Polonaise, wobei sie ihre Hochzeitsgeschenke in Form von Geldscheinen an eine Schnur anreihten.

Nach Mitternacht begleitete die Hochzeitsgesellschaft das Brautpaar beim „Heimsingen", was in Scheulenfeld eine alte Tradition war, nach Hause ins neue Heim. Hanna freute sich über ein am Haus angebrachtes „Herzlich- Willkommen"-Schild.

Überglücklich, aber auch ein wenig erschöpft, betraten die beiden ihre neue Wohnung. Hanna trat ins Schlafzimmer und wunderte sie sich, dass das Bettzeug sich tief unten befand. Hatten ihre ehemaligen Schulfreunde etwa ihre Androhung, den Sockel des Ehebettes absägen zu wollen, doch in die Tat umgesetzt? Was dann aber zu Tage trat, als sie die Bettdecken weg nahm, ließ sie herzlich lachen. Die Matratzen fehlten. Dafür aber befanden sich unzählige Haushaltsgegenstände aus der Küche in den Betten.

Hanna und Franz legten Hochzeitsanzug und Brautkleid ab und zogen Jogginganzüge an. Dann wurden die Betten ausgeräumt und die Küche wieder mit den Küchenutensilien bestückt. Die Matratzen für die Betten fanden die beiden im Wohnzimmer versteckt. Diesen Schabernack hatte sich die Schulkameradschaft von Hanna ausgedacht.

Das Brautpaar trug die Aufräumarbeiten mit Humor und war sich sicher, eine unvergessliche Hochzeit gehabt zu haben. Auch viele der Gäste waren nach der Feier der Meinung, selten zuvor bei einer schöneren Hochzeitsfeier dabei gewesen zu sein.

Franz war sich sicher, dass viele der Hochzeitsgäste seine Frau aufgrund ihrer charismatischen Ausstrahlung und ihrer natürlichen, offenen und herzlichen Art schon am ersten Tag in Scheulenfeld angenommen hatten.

24 Zwei Generationen, drei entfernt

Die Großeltern von Franz freuten sich auf das gemeinsame Dasein mit dem jungen Paar in ihrem vererbten Haus. Die beiden Paare waren zwar in ihrer Weltbetrachtung nicht nur zwei, sondern in Wirklichkeit mindestens drei Generationen voneinander entfernt. Aber die Alten waren froh darüber, dass sie jemanden im Haus hatten, der nach ihnen sah und sie im beschwerlichen, täglichen Einerlei unterstützte. Sie waren glücklich und zufrieden, dass sie jemanden in der Nähe und in allen Dingen Ansprechpartner in Hörweite hatten.

Franz und Hanna profitierten vom Zusammenleben mit den Betagten ebenso. Die Lebenserfahrungen und das Wissen der Älteren stellten auch für Franz und Hanna eine Bereicherung in ihrem Alltag dar. Insbesondere Johann Schweizer konnte oftmals stundenlang von seinen Erlebnissen von früheren Zeiten spannend erzählen.

Im Winter war es so, dass der rüstige Großvater bereits in aller Herrgottsfrühe die Gehwege und Garageneinfahrt vom Schnee befreite, so dass sich die Jungen überhaupt nicht um das Schneeräumen kümmern mussten.

Ein Zusammenleben zweier Generationen in einem Haus kann aber auch zum Albtraum werden, wenn die Lebensauffassung, das Denken und Handeln der Betroffenen so weit voneinander abweichen, wie sich dies im Fall von Franz und Hanna Schöpfel und den Großeltern von Franz herausstellte. Für die Alten war es unvorstellbar, sich im Winter frischen Salat oder Südfrüchte aus dem Discountladen oder Dinge aus dem Supermarkt oder Naturkostladen zu leisten. Sie lebten ausschließlich von selbsterzeugten, eingekochten oder auf irgendeine Weise haltbar gemachten Lebensmitteln. Insbesondere für Großmutter Schweizer schien die Zeit stehen geblieben zu sein. Sie konnte sich nicht mit dem modernen Lebensstil der Jungen anfreunden.

Franz schwang sich in der Frühe gut gelaunt die Treppe hinunter. Kaum dass die Großmutter die Geräusche vernahm, schleppte sie sich zu ihrer Küchentür, öffnete sie und grüßte Franz. „Du bist aber spät dran", warf sie ihrem Enkel vorwurfsvoll entgegen. „Nein, nein", entgegnete ihr Franz, „ich bin so zeitig dran, dass ich rechtzeitig bei der Arbeit sein werde." „Ja", gab sie zu bedenken, „es ist immer besser, wenn man zehn Minuten früher ankommt als zu spät". Auch Johann Schweizer, der sich im Hintergrund befunden hatte, trat nun heraus mit den Worten: „Zehn Minuten vor der Zeit ist des Soldaten Pünktlichkeit." So lautete immer schon seine oft von ihm geäußerte Maxime. Franz ärgerte sich zwar über die Reglementierung durch seine Großeltern, dachte aber bei sich, „lass sie halt reden." Als Hanna sich kurze Zeit später ebenfalls auf den Weg zur Arbeit machte, die sie in die entgegengesetzte Richtung von Franz' Arbeitsweg führte, das gleiche Spiel: Johann und Luise Schweizer traten ihr im Hausflur in den Weg: „So, bist du auch aufgestanden?" Eine leichte Anklage war in dieser Äußerung nicht zu überhören. Mit solchen überflüssigen Aussprüchen brachten die Alten Hanna und Franz zwar auf die Palme, aber sie würden auch nicht ewig leben. Nicht dass sie ihnen den Tod wünschten. Sie liebten sie. Aber die Betagten bekamen immer mit, wenn und wer kam und ging und um wie viel Uhr die Jüngeren nach Hause kamen, wann die Rollläden zur Nachtruhe herunter gelassen wurden und wann man sie morgens wieder hinaufzog. Damit wussten die Großeltern immer, wann die Jungen abends ins Bett gingen und morgens aufstanden. Sie überwachten und kontrollierten das Kommen und

Gehen stets. Kam Hanna mit Einkaufstüten beladen von der Arbeit nach Hause, sperrten die Alten Maul und Augen auf und nicht selten hörte man sie dann in ihrer Stube über die Jüngeren herziehen. „Die Leben in Saus und Braus und vertun ihr Geld und sind nicht besonders sparsam."

Einmal erwischte Franz seine Großmutter, wie sie tiefgebeugt mit der Hand im gemeinsamen Müllbehälter aus Blech, der in der Garage stand, wühlte, einfach um festzustellen, was sich die Jüngeren alles leisteten, wofür sie ihr Geld ausgaben. Dabei lebte das junge Paar auch nicht pompöser und konsumierte auch nicht luxuriöser als andere.

Gingen die jungen Leute sonntags einmal nicht in die Kirche, hörten diese unversehens den Vorwurf: „Ihr seid heute nicht im Gottesdienst gewesen." Die Jungen wurden unaufhörlich bei den Gesprächen mit den Alten mit dem Wetter und landwirtschaftlichen Arbeiten konfrontiert. Etwas anderes gab es bei den Betagten nicht zu bereden.

Einmal hörte das junge Paar, wie sich die Älteren das Maul darüber zerrissen, dass das junge Paar zwei neue Fahrräder angeschafft hatte. „Jetzt kaufen die zwei neue Fahrräder und gleich zwei Stück. Die hätten doch unsere alten Fahrräder benützen können."

Luise Schweizer war es gewohnt, nicht nur mit Schweizer, ihrem Ehemann, sondern auch mit den beiden jungen Leuten im Befehlston zu reden. Wollte sie, dass man ihr aus dem Supermarkt einen Laib Brot mit bringt, so sagte sie unmissverständlich an Hanna gewandt, „wenn du heute Abend in den „Albmarkt" kommst, bringst du mir auch einen Laib Brot mit." Und dies war so gut wie ein Befehl an Hanna. Nicht dass sie diese Besorgungen ungern vorgenommen hätte. Aber auf ein „bitte" hoffte Hanna zeitlebens vergeblich. Auch sonst, wenn es um Hilfsleistungen und Verrichtungen des täglichen Lebens ging, etwa das Flechten der Zöpfe der Alten oder Zehennägel schneiden, hörte Hanna nie das Wort „bitte", sondern stets „tust du".

Hanna wurde immer wieder von Albträumen geplagt. Schweißgebadet wachte sie auf, weil sie im Traum von einem wildgewordenen Stier verfolgt wurde.

Störend, vor allem wenn die jungen Leute Besuch von Freunden, Bekannten, Kolleginnen oder Kollegen erwarteten, empfanden sie es, wenn die rustikalen Gerüche aus der Küche der Alten heraus und nach oben drangen. Hanna aber tat den Großeltern, wann immer es möglich war, jeden Gefallen und gab ihnen kaum einen Grund, sie zu rügen. Sie war immer bestrebt, Haus und Wohnung mit viel Geschmack zu verschönern. Dazu gehörte auch, dass der Vorgarten modernisiert und mit blühenden Blumen und Stauden umgerüstet wurde. Der zuvor von den Großeltern gehegte und gepflegte Gemüsegarten einschließlich Gartenzaun musste dazu gegen den Widerstand der Betagten weichen, was diese natürlich nicht verstanden. Das Gemüse wollte Hanna lieber hinter dem Haus – weg von der Straße – anbauen. Aber Hanna beeindruckte Johann und Luise Schweizer mit ihrem Fleiß und ihrer zuvorkommenden, freundlichen Art.

Für Franz und Hanna war es hin und wieder eine Zumutung, wenn der Großvater unter allen Umständen an Althergebrachtem festhalten wollte, denn wenn er sich etwas in den Kopf gesetzt hatte, war ihm schwer beizukommen. Oft lehnten sie sich ihm gegenüber nicht auf, weil sie ihn nicht enttäuschen wollten, schließlich zeigte er sich ihnen gegenüber auch manches Mal großzügig.

25 Nicht alle Tassen im Schrank

Hanna war allein zu Hause. Es klingelte. Zwei Polizeibeamte standen vor der Haustür. Hanna fuhr ein Schreck in die Glieder. „Ist mein Mann verunglückt?" Franz war an diesem Sonntagvormittag mit seiner Schachmannschaft zu einem Auswärtsspiel gefahren. An den Sonntagen, an denen Schachverbandsspiele stattfanden, machte es sich Hanna zu Hause gemütlich. Weil die Schachspieler meistens erst am fortgeschrittenen Nachmittag wieder zurückkehrten, hatte sie an diesen Sonntagen Gelegenheit, auch mal an sich zu denken, ein Buch zu lesen oder einfach mal das zu tun, wonach ihr der Sinn stand.

Die Polizisten beruhigten Hanna. „Nein, nein, wir haben nur eine lästige Pflicht zu erfüllen", lachten die beiden Beamten.

„Was für eine Pflicht?", drängte nun Hanna.

„Ein Kollege vom Polizeiposten Sirgenstein hat ein Amtshilfeersuchen an uns gerichtet, weil sich Ihr Mann offenbar einen Spaß mit dem Sirgensteiner Kollegen geleistet hat." Sie verrieten nicht, um was für einen Streich es sich dabei gehandelt hat.

Hanna war ein derartiger Vorfall nicht bekannt. Franz hatte jedenfalls nichts erzählt.

Einer der Beamten kannte Franz flüchtig, weil er selbst auch Schachspieler war. Die beiden vom Streifendienst erklärten erheitert, „weil Ihr Mann angeblich die Feststellung seiner Personalien verweigert hat, müssen wir nun die Angaben aus dessen Personalausweis erheben."

„Damit kann ich leider nicht dienen", erklärte Hanna, „den trägt mein Mann bei sich."

„Das macht gar nichts", erklärten die Streifenbeamten, „dann kommen wir eben später nochmals vorbei."

„Um Himmelswillen", entsetzte sich darauf Hanna Schöpfel, „kommt ja nicht noch einmal." Es war ihr zu peinlich, denn sämtliche Nachbarn schielten schon hinter ihren Vorhängen hervor oder spickten zu einen Spaltweit geöffneten Haustüren heraus. Sie wunderten sich, weshalb die Polizei sich wohl so lange im Hause Schöpfel aufhielt. Besonders auch die Großeltern waren vom Besuch der Polizei im oberen Stockwerk des Hauses beunruhigt.

Als Franz am Nachmittag wieder auftauchte, konfrontierte ihn Hanna mit der Angelegenheit.

Sie wusste, dass Franz mit Polizeiwachtmeister Ernst Gülthoff in der Stadt Sirgenstein früher schon einmal Bekanntschaft gemacht hatte, als dieser ein unsinniges und zudem überflüssiges Protokoll anfertigte.

Über Gülthoff war allgemein bekannt, dass er schon mal seine eigene Ehefrau anzeigte, weil sie sich erlaubte, bei Dunkelheit mit ihrem Fahrrad ohne Licht zu fahren.

Auch war er sogar davor nicht zurückgeschreckt, sich selbst anzuzeigen. Einige Buben hatten sich den Spaß erlaubt, an Gülthoffs Fahrradrücklicht die Glühbirne herauszuschrauben. Als er die Jungs wegen nicht funktionierenden Rücklichts kontrollierte, wiesen sie den Polizeibeamten darauf hin, dass sein Licht am eigenen Fahrrad auch nicht funktionierte. Er sah nach und tatsächlich: Sein Rücklicht am eigenen Fahrzeug war ebenso nicht intakt. Allen Ernstes erstattete er daraufhin gegen sich selbst Anzeige. Sein Chef zerriss darauf die Anzeige und wies ihn aus dem Dienstzimmer. Ein sinn- und nutzloses Protokoll, das Polizeimeister Gülthoff mit Franz früher aufnahm, als ein anderes Auto auf den geparkten

Wagen von Franz auffuhr, war Franz noch gut im Gedächtnis: Er betrat damals nach seiner Mittagspause sein Büro, als sein Telefon klingelte. Durch einen Teilzeitbeschäftigten in der Telefonzentrale im Erdgeschoss des Rathauses wurde ihm mitgeteilt, dass ein anderes Auto auf seinen geparkten Kleinwagen aufgefahren sei. Franz überzeugte sich von der Richtigkeit der Mitteilung und sah den Schaden an. Weil der Fahrer Gas- und Bremspedal verwechselt hatte, war er mit seinem Mercedes zunächst am Rathaus entlang geschlittert, hatte den Postbriefkasten, welcher am Rathaus verankert war, weggerissen und war schließlich auf seinem PKW zum Stillstand gekommen. Dabei sei um ein Haar noch ein englischer Tourist überfahren worden, erfuhr Franz.

Das Besondere an der Angelegenheit trat jedoch zu Tage, als Polizeiwachtmeister Gülthoff Franz zum Protokoll bat. „Was haben Sie zu dem Unfallhergang zu sagen?", wendete sich Gülthoff an Franz Schöpfel. „Gar nichts, ich habe den Unfall nicht miterlebt, ich wurde nur davon verständigt, dass sich der Vorfall ereignet hat. Da dachte ich, ich sehe mir die Sache mal an. Zu dem Unfall selbst kann ich gar nichts sagen", erklärte der städtische Bedienstete.

„So geht das nicht", warf darauf der Polizist empört ein, „wir müssen da ein Protokoll anfertigen".

Franz merkte, dass dieser Mann wohl nicht alle Tassen im Schrank haben musste und beschloss, sich auf ein Protokoll einzulassen, und das sollte sich gewaschen haben. „Also erzählen Sie mal", forderte der Polizeibeamte den Besitzer des beschädigten Personenkraftwagens auf. Franz führte aus: „Als ich heute Nachmittag, um dreizehn Uhr dreißig, mein Büro betrat, klingelte das Telefon und ich wurde von dem Unfall verständigt". „Erzählen Sie bitte der Reihe nach", verdeutlichte darauf der Ordnungshüter. Spätestens jetzt stand für Franz fest, dass er diesen Wichtigtuer veräppeln musste.

Der Polizist formulierte den ersten Satz von Franz´ Aussage: „Als ich heute Nachmittag gegen 13.30 Uhr mein Büro betreten"..., nun wollte Gülthoff wissen, ob Franz schon auf seinem Schreibtischstuhl Platz genommen hatte, was Franz bejahte. Gülthoff fuhr mit der Formulierung des Satzes fort: „und auf meinem Schreibtischstuhl Platz genommen hatte, wurde ich von dem Mann in der Telefonvermittlung,... Gülthoff unterbrach: „Wie heißt der Mann?" Franz dachte, das ist doch nicht von Bedeutung, antwortete aber „Herr Bucher", ... „Herrn Bucher, fernmündlich davon verständigt, dass sich soeben ein Verkehrsunfall ereignet hat. Dabei ist"..., der Gesetzeshüter unterbrach den angefangenen Satz erneut. „Wem gehört das Auto?"

„Mir", erwiderte Schöpfel.

Der Polizeibeamte fuhr mit dem angefangenen Satz fort: „...mein privateigenes Kraftfahrzeug"..., Gülthoff unterbrach wieder, um die Frage zu stellen, „zu was benötigen Sie das Fahrzeug?"

Der Verwaltungsbeamte dachte, eigentlich geht dich das nichts an, erklärte aber: „Die 22 Kilometer von Scheulenfeld nach Sirgenstein und abends zurück jeden Tag zu Fuß zu gehen, war mir auf Dauer zu weit, da dachte ich, ich schaffe mir ein Auto an."

Der Polizist nahm nicht wahr, dass es sich bei den Worten von Franz um reinen Sarkasmus handelte, denn er fasste den angefangenen Satz weiter in Worte: „das ich für meinen täglichen Dienstweg von Scheulenfeld nach Sirgenstein und zurück, benütze, beschädigt wurde." Mit weiteren für die Unfallsache nicht relevanten Aussagen, welche der Polizeibeamte in zwei DIN A 4-Seiten protokollierte, schloss die Aufzeichnung.

Franz bat, nach seiner Unterschrift unter das Protokoll, um eine Mehrfertigung der Niederschrift. Hierauf zeigte sich Gülthoff ganz entrüstet: „Nein, nein, nein, nein, das geben wir nicht aus der Hand. Wissen Sie, das bleibt bei den Akten der Polizei."

Darauf der Vernommene: „Das finde ich aber jammerschade."

Franz wäre sich sicher gewesen, dass solch eine unnötige nichtssagende, sinnlose Aufzeichnung bestimmt für eine Story in einem Boulevardblatt interessant gewesen wäre.

Franz schilderte gegenüber seiner Ehefrau, wie es zu dem Amtshilfeersuchen und dem vormittäglichen Hausbesuch der Polizeibeamten gekommen sein musste:

Er hatte sich in seiner Mittagspause in Sirgenstein, am Ort seiner Arbeitsstelle, ein Wurstbrötchen im Supermarkt gekauft. Als er das Geschäft verließ, sah Franz, wie Hauptwachtmeister Gülthoff um Franz´s Auto herum ging und mit sich rang, ob er gegen den Wagenbesitzer wegen einer Ordnungswidrigkeit vorgehen sollte. Er entschied sich, weiter zu gehen. Nichts Böses ahnend begab sich Franz zu seinem Wagen. Im Weggehen drehte sich Gülthoff noch einmal um und erkannte, dass der Wagen einem städtischen Bediensteten gehört. Abrupt stoppte er seinen Schritt und kam eilenden Fußes noch einmal zu dem vermeintlich unberechtigt parkenden Autobesitzer zurück. Es war strittig, ob sich Franz mit seinem Wagen noch im Bereich eines Parkverbots befand. Vielleicht ragte das Heck seines Wagens noch ein klein wenig in den gesperrten Bereich, aber unwesentlich.

Die Gelegenheit, einen städtischen Beamten mit einem Verwarnungsgeld zu belegen, wollte Gülthoff auf keinen Fall ungenutzt verstreichen lassen. Mit ernster Miene sprach er den Autobesitzer an: „Sie brauchen nicht zu glauben, dass Sie, nur weil Sie Beamter der Stadt sind, im Parkverbot parken dürfen."

Franz erklärte: „Das Parkverbot fängt ja hier erst an, wo mein Wagen aufhört. „Trotzdem ist es ein Vergehen und ich muss Ihnen mit zehn Mark verwarnen, erklärte der Wachtmeister. Der Polizeibeamte zückte seinen Verwarnungsblock und fuhr den Gesetzesübertreter streng an: „Zahlen Sie freiwillig oder muss ich Ihnen zur Anzeige bringen?"

Franz antwortete nur: „Ich danke Sie." Der Polizist nahm nicht wahr, dass er von Franz mit seiner Antwort verspottet wurde.

Franz war es sowieso zuwider, sich mit dem Polizisten anzulegen.

Ihm kam wieder das Erlebnis mit dem außergewöhnlichen, unsinnigen Protokoll, das Gülthoff damals mit ihm anfertigte, in den Sinn.

Er überlegte, wie er diesem Wichtigtuer einen Streich spielen könnte. „Ich habe leider Gottes im Moment gar kein Geld bei mir", stammelte der Beschuldigte gespielt vor dem entschlossen dreinblickenden Polizeibeamten.

Der Polizist hätte bemerken müssen, dass die Äußerung über die fehlende Geldbörse nicht zutraf, zumal Franz gerade vom Einkauf kam. Stattdessen antwortete er, „dann bringen Sie mir die 10 DM bitte beim Polizeiposten vorbei."

Das Polizeigebäude befand sich unweit vom Rathaus, in dem Franz seinen Dienst versah, nur einige Häuser entfernt. Franz versprach der Obrigkeit, dies in den nächsten Tagen tun zu wollen. Dann wartete der Verkehrssünder erst mal einige Tage ab, bis sich der Polizeibeamte telefonisch beim städtischen Beamten meldete, um an die Bezahlung des Verwarnungsgeldes zu erinnern. Franz stellte dem Drängenden die Frage, ob er das Geld wirklich ernsthaft wolle, was dieser mit einem wortgewaltigen „ja selbstverständlich" bekräftigte.

Franz wartete noch einmal drei Tage ab, bis der Polizist ein zweites Mal telefonisch bei Franz nachhakte und an die Begleichung der offenen Forderung erinnerte. Auf die erneute Frage von Franz, ob er die Moneten allen Ernstes wolle, untermauerte der andere dies wiederholt.

Zwei weitere Tage später machte sich der Schuldner mit einem DIN A 4-Umschlag auf den Weg zur Bank und ließ sich tausend Pfennige in den Umschlag füllen. Der Bedienstete am Bankschalter wunderte sich zwar über das Ansinnen des Kunden, füllte aber die tausend Münzen in den Umschlag. Damit bewaffnet ging Franz einige Häuser weiter zum Polizeiposten.

Als Gülthoff den säumigen Verkehrssünder erblickte, zeigte sich der Polizeibeamte hocherfreut. „Na, kommen Sie endlich, um Ihr Verwarnungsgeld zu bezahlen. Das hat ja lange gedauert", sagte er freudestrahlend. „Ja klar", erwiderte Franz Schöpfel und stellte den schweren Umschlag mit den tausend Pfennigen auf den Tresen. Der Polizist war verwirrt: „Wo haben Sie das Geld?" Verdutzt schaute er hin und her. Röte zog in seinem Gesicht auf.

„Da drin", erklärte der Schuldner und deutete auf den Umschlag. Der Polizeibeamte begriff anscheinend nicht sofort, er schaute Franz fragend an. Franz hielt den Umschlag auf, so dass der Schutzmann die Pfennige sehen konnte. Urplötzlich war es um die Fassung des Gesetzeshüters geschehen.

Franz drehte sich um und war im Begriff, das Polizeigebäude zu verlassen, indem er in Richtung Türe ging. Gülthoff schnappte sich den Umschlag mit den Münzen und sprang fluchend um den Tresen herum und rannte dem sich Entfernenden nach. Als er auf dem Flur des Polizeigebäudes, kurz vor der Ausgangstür, den Davoneilenden fast erreicht hatte, platzte plötzlich der schwere Umschlag und die tausend Geldstücke fielen geräuschvoll klirrend auf den Boden.

Jetzt war es um die Gemütslage des Büttels völlig geschehen. Mit hochrotem Kopf ließ er einen gewaltigen Wortschwall über den unverfrorenen Schuldner kommen. „Diese Pfennige sind ehrlich gesammeltes Geld und es ist so viel wert wie ein Zehnmarkschein", versuchte Franz den Aufgebrachten zu beruhigen und konnte ein Grinsen kaum unterdrücken. Nicht umsonst hatte er Gülthoff mehrfach gefragt, ob er das Geld wirklich wolle.

Der Polizist machte einen verzweifelten Eindruck. Auf so eine unverschämte Art hatte bestimmt noch nie jemand die Respektsperson Gülthoff in Frage gestellt und ihn der Lächerlichkeit preisgegeben. „Lesen Sie die Münzen sofort auf und nehmen Sie das Geld wieder mit", befahl der fassungslose Gülthoff dem Jüngeren. „Ich habe es nicht fallen lassen, also sammle ich es auch nicht ein", lehnte dieser das Ansinnen des Mannes in Uniform despektierlich ab. Ratlos stand der Schutzmann da und wusste sich scheinbar nicht zu helfen. Dann wendete er sich von Franz ab und kam mit Kehrwisch und Kehrrichtschaufel zurück. Zähneknirschend beugte er sich weiter schimpfend nieder und kehrte mühevoll die Pfennigmünzen zusammen, während Franz gelangweilt und schmunzelnd daneben stand und ihm zusah. Fast tat ihm der niederkniende Gülthoff leid, wie er sich bemühte, auch den letzten Pfennig auf die Schaufel zu kehren.

Schließlich gab der Polizist dem Schuldner das Geld in einem gebrauchten Umschlag des Polizeipostens wieder mit. Vorher aber noch erstattete der Polizeibeamte eine Anzeige wegen Verweigerung einer Zahlung.

Dieser Sachverhalt traf nicht zu, denn die Zahlung verweigert hatte Franz nicht.

Franz Schöpfel musste einen Fragebogen ausfüllen. Auf der Rückseite des Fragebogens waren Angaben zur Person zu machen. Diese auszufüllen übersah Franz geflissentlich.

Einen Tag später bemerkte der Polizeibeamte dies und rief den zur Anzeige gebrachten Franz an seinem Arbeitsplatz an und wollte, dass dieser noch mal bei der Polizei vorbeikommt, um den Fragebogen abzuholen und zu vervollständigen. Franz Schöpfel wusste, dass Gülthoff jeden Tag mit seinem Fahrrad zum Dienst fuhr und damit am Rathaus vorbei kam. Also bat Franz den Ordnungshüter, den Fragebogen in den Briefkasten des Rathauses zu werfen, was dieser auch zusagte.

Gleich darauf musste Gülthoff sich eines anderen besonnen haben, denn er rief nochmals auf Franz` Telefon an. Da Franz in dem Moment nicht am Arbeitsplatz in seinem Büro war, ließ Gülthoff über die Mitarbeiterin von Franz ausrichten, er werfe den Fragebogen doch nicht in den Briefkasten, er müsse abgeholt werden. Diese Kehrtwendung des Polizisten ignorierte Franz, schließlich hatte der Mann vom Streifendienst ihm zugesagt, dass er das Dokument zustellt.

Der Leiter des Polizeipostens von Sirgenstein, Herr Brand, erfuhr von dem aufs Äußerste entrüsteten

Gülthoff, was vorgefallen war. Er hielt es notgedrungen für seine Pflicht, den Dienstherrn von Franz zu informieren, dass dieser gerügt werden müsse. Hauptwachtmeister Brand schilderte im Büro von Bürgermeister Ziemer den Vorfall, den sein Rathausmitarbeiter inszeniert hatte. Der Bürgermeister, welcher nicht gerade ein Freund des Sirgensteiner Polizeipostens war, konnte sich, im Beisein eines Kollegen von Franz, vor Lachen kaum beherrschen. Schnell drehte er sich, als Polizeipostenleiter Brand ernsthaft die Sache vortrug, herum und sah zum Fenster seines Dienstzimmers hinaus, um zu vermeiden, dass Brand seine Erheiterung wahrnahm und um die Ernsthaftigkeit einigermaßen wahren könnte.

Die pflichtgemäße Maßregelung an seinen Untergebenen Franz Schöpfel fiel danach sehr bescheiden aus.

26 Tod und Geburt

Obwohl er kein Freund von Urlaubsvergnügen und – reisen war, tolerierte Franz' Großvater, dass seine jungen Hausmitbewohner Franz und Hanna im Spätwinter die gute Schneelage in Tirol noch zu einem einwöchigen Skiurlaub nutzen wollten. Auch in den zurückliegenden fast vier Jahren hatte sein Appell an die Sparsamkeit, was Urlaubsfahrten anging, nicht viel gefruchtet.

Bei ihrer Abfahrt wünschte er ihnen guten Schnee und schönes Wetter.

Aufgrund heftigen Schneefalles und nicht mehr vorhandenen gespurten Loipen fuhren, die beiden einen Tag früher als geplant wieder nach Hause.

Am Abend daheim angekommen, wollte Franz' Großvater wissen, wo sie im Urlaub waren. Franz dachte, das weißt du doch eh nicht, wo das ist, sagte aber, „in Leutasch bei Seefeld in Tirol." Darauf Johann Schweizer: „Das ist doch in der Nähe von Mittenwald." Franz war aufs Höchste erstaunt. „Ja, woher kennst du das?"

„In Mittenwald war doch dein Bruder Karl-Heinz bei der Grundausbildung bei der Bundeswehr." Der Großvater war in seinem Alter geistig noch völlig fit und dass er sich in der Geografie so gut auskannte, war erstaunlich.

Am anderen Morgen hörten Franz und Hanna, wie sich jemand die Treppe vom Erdgeschoss ins Obergeschoss hochschleppte. Kurz darauf klopfte es heftig an der Wohnungstür.

Großmutter, die noch nie zuvor unerwartet oder unangekündigt in die Wohnung der Jüngeren gekommen war, stand da, rang nach Fassung und sagte voller Entsetzen: „Ich glaube, soeben ist Großvater gestorben. Vor zehn Minuten habe ich noch mit ihm unterhalten und gesagt, ich würde jetzt aufstehen und das Frühstück machen, er könne noch so lange liegen bleiben. Als ich wieder von der Küche zurück ins Schlafzimmer kam, war er tot."

Franz und Hanna konnten es nicht fassen. Der Großvater atmete nicht mehr, sein Puls war nicht mehr zu fühlen, er war verstorben.

Wie gut, dass sie einen Tag früher als geplant aus dem Urlaub zurück kamen.

So wie der Großvater gelebt hatte, stets in Eile und mit schnellem Schritt, so verabschiedete er sich aus seinem Erdendasein. Noch vor nicht allzu langer Zeit drehte er in der Scheune von Franz Eltern vom Obergeschoss mit samt seiner Blauschürze einen Salto auf den Heuboden. Auch bei der Fuchsjagd des Reitvereins setzte er sich noch im Alter von mehr als 80 Jahren auf sein geliebtes Pferd. Bis zuletzt war er täglich mit seinem Moped im Dorf unterwegs. Für ihn war es gut, schnell gestorben zu sein, denn wenn er vor dem Tod eine lange Leidenszeit gehabt hätte, wäre dies den Rastlosen, Ungeduldigen schwer angekommen. Wider Erwarten musste er vor seiner Frau, mit der er 14 Tage später die Diamantene Hochzeit feiern wollte, gehen.

Franz erinnerte sich daran, wie der Großvater zwei Jahre vor seinem Tod, als Großmutter für ein paar Tage ins Krankenhaus musste, durchdrehte. Weil Franz und Hanna am Abend nicht zu der gewohnten Zeit von der Arbeit nach Hause kamen, wusste er vor Sorge nicht mehr ein noch aus. Die beiden fanden ihn vollkommen angezogen auf dem Bett liegend. Der Großvater konnte es sich zwar nicht vorstellen, dass seine Frau, die schon seit ihrem sechzigsten Lebensjahr ständig in ärztlicher

Behandlung war, während er zeitlebens nie eine Arzt-praxis von innen sah, ihn überleben würde.

Weil er ohne sie, ohne ihre ständigen Anweisungen und Befehle selbst nicht sein konnte, war es gut für ihn, dass er vor ihr starb.

Knapp drei Jahre später starb die Großmutter 86-jährig.

Worauf Franz und Hanna lange warten mussten, wurde endlich wahr: Hanna wurde schwanger. Beide freuten sich über die Geburt ihres ersten Sohnes. Völlig kom-plett war das Glück des Paares, als ein gutes Jahr später ihre Tochter geboren wurde.

Hanna gab ihre Berufstätigkeit auf und kümmerte sich liebevoll um die beiden Kinder. Da Franz mit nur einer wirklich brauchbaren Hand eingeschränkt war, hing sehr vieles an Hanna.

Dennoch war es Franz wichtig, seinen Kindern vielfältige Möglichkeiten sportlicher Betätigungen und Erlebnisse in der Freizeit anzubieten. Sie unternahmen Gebirgswan-derungen in den Alpen, wanderten auf der Schwäbischen Alb, im Allgäu, im Unterland, im Schwarzwald oder am Bodensee. Sie erkundeten die landschaftlich schöne Ge-gend der Schwäbischen Alb per Fahrrad. Sie spielten alle vier Tennis, unternahmen mehrere Auslandsurlaube und sogar einen alpinen Skiurlaub in Österreich.

Hin und wieder durfte Franz erleben, dass seine Freunde zwar weniger geworden waren, aber die wirklich Getreu-en umso mehr zu ihm standen und ihm halfen und ihn unterstützten, wo immer es ging. Auch schloss er zahl-reiche neue Freundschaften.

Mit seiner Behinderung hatte sich Franz ganz gut arran-giert und kam erstaunlich gut zurecht.

27 Der „Dämon der Tattrigen"

Franz spürte aber, dass mit seiner Gesundheit etwas nicht stimmen konnte.

Erste Anzeichen hierfür nahm er wahr, wenn er mit seiner Familie wanderte oder auch einfach nur, wenn er in abschüssigem Gelände oder auch einfach nur auf der Straße bergab ging. Dann konnte er nicht mehr so rund gehen wie zuvor. Er hatte das Gefühl, als ob ihn jemand anschieben würde, und er sich nicht bremsen konnte.

Mit diesem Anzeichen konnte er anfangs nichts anfangen.

Im selben Jahr noch stellte Franz fest, dass außerdem seine Stimme beängstigend heiser wurde. Wenn er sich in Gesellschaft befand, in der viele Leute durcheinander redeten, konnte er sich kein Gehör mehr verschaffen.

Sein Hausarzt überwies ihn zum Hals-Nasen-Ohrenarzt zu einer eingehenden Untersuchung.

Der HNO-Arzt konnte keine Ursache für die Heiserkeit feststellen, aber um sein Kommen nicht gänzlich als umsonst betrachten zu müssen, stellte der Doktor schließlich den Untersuchungsbefund, die Stimmbänder würden nicht ganz zusammenschwingen. Dies sei die Ursache der Heiserkeit. Er empfahl und verschrieb logopädische Behandlung.

Franz hatte das Gefühl, dass der Arzt mit seinem Latein am Ende war und deshalb eben auch nur eine fiktive Diagnose stellte.

Die heisere Stimme besserte sich auch durch logopädische Behandlung nicht wesentlich.

Dass sich hinter all diesen Vorzeichen eine schlimmere Krankheit verbarg, war noch nicht zu erkennen.

Erst nachdem Franz wegen eines Zehs an seinem gesunden rechten Fuß operiert werden musste, kam ein weiteres Erkennungszeichen für eine einschneidende Erkrankung hinzu.

Schon in den ersten Tagen nach dem Eingriff begann sein Fuß in Ruhestellung zu zittern.

Dieses Zittern verstärkte sich zusehends, so dass er immer mehr Schwierigkeiten bekam, während seiner Schreibtischtätigkeit den Fuß unter Kontrolle zu bekommen und ihn ruhig stellen zu können.

Franz glaubte, dass bei dem chirurgischen Eingriff mit der Narkose etwas schief gelaufen war, und verlangte eine Untersuchung des Vorganges.

Es stellte sich aber heraus, dass alles mit rechten Dingen zuging.

Einige Monate später wurde das Zittern immer mehr offenkundig. Es nistete sich ein, setzte sich fest, manifestierte sich. Es ergriff auch die Hand, die bis dahin gesunde, kräftige, unversehrte, rechte Hand. Franz konnte es nicht mehr verbergen. Seine Muskeln machten sich selbständig. Irgendeine Schaltung im Gehirn machte, was sie wollte. Ein beliebiges Teil seines Nervensystems hatte eine Macke und verweigerte ihm zunehmend den Gehorsam. Seine Bewegungsabläufe wurden von einer unbekannten Gewalt gesteuert.

Eine eingehende neurologische Untersuchung ergab dann die niederschmetternde Diagnose Morbus Parkinson. Für die Ärzte stand fest, dass es zwischen der Krankheit und der Schädelhirnverletzung vom damaligen Schulsportunfall einen kausalen Zusammenhang gab. Was Parkinson bedeutete, musste Franz erst nach und nach lernen. Das größte Übel stellte zunächst sein gewaltiges Zittern der rechten Hand und auch des Fußes dar. Dies war auffällig und mit seinen erst 38 Jahren aus dem Rahmen fallend und somit außergewöhnlich aufsehenerregend.

Wenn er auf der Straße ging, bewirkte dies, dass sich manche Kinder über ihn lustig machten, die Leute glotzten hinter ihm her oder öfters kehrten sie ihm den Rücken zu. Wenn er sich mit jemandem unterhielt, wenn er gebückt, gekrümmt und vornüber hängend dastand und zitterte wie Espenlaub, wurde er von den anderen Menschen observiert. Er schämte sich seiner Hinfälligkeit etwa beim mühsamen Ausstieg aus dem Auto oder wenn er an der Supermarktkasse mühselig seine Groschen und Geldscheine aus der Börse heraus kramte. Bei einem Sektempfang war es ihm nicht möglich, nach einem Glas zu greifen, weil er mit der linken Hand aufgrund seiner Lähmung das Glas nicht fassen und die Hand mit dem Glas nicht zum Mund hoch führen konnte und weil der Tremor an seiner rechten, gesunden Hand zu stark war. Franz klemmte sich seine zittrige rechte Hand beim Sitzen unter den Oberschenkel oder zwischen Oberschenkel und Sessel und war bemüht, sein Zittern so gut es ging, zu verbergen.

Die Symptome sind bei dieser bescheuerten Krankheit jedermann publik. Der Schaden sitzt im Kopf, weil das Dopamin im Gehirn eine bestimmte Schranke nicht überwinden kann. Parkinson ist zwar kein Leiden, für das man sich schämen muss, weil es nicht aufgrund eines unvernünftigen Lebensstils entstanden ist. Aber keiner der gesund ist, ahnt, wie es in dem Parkinsonkranken brennt, welche innere Unruhe und Angespanntheit ständig vorhanden ist. Franz war mit Ausnahme seiner Unfallgeschichte nie in seinem Leben krank gewesen und war immer hoch motiviert, was sein tägliches Schaffen im und ums Haus, im Garten, mit der Familie und im Beruf anbelangte. Auch sein Ego erfreute sich stets daran, dass man ihn, trotz seiner Behinderung, jünger schätzte, als er in Wirklichkeit war.

Der „Dämon der Tattrigen" hatte ihn jedoch jetzt eher zu den Greisenhaften befördert. Er gab eine erbärmliche Figur ab.

Einmal hörte Franz ein Gespräch eines Nachbarn, wie dieser einem Bekannten erzählte: „Ich war auf dem Rathaus im Amtszimmer von Franz Schöpfel. Ich kann dir sagen, der zittert mit der Hand so stark, dass er sich sogar mit seiner gelähmten linken Hand an der rechten festhalten musste, um sein Zittern einigermaßen unterdrücken zu können, damit er schreiben konnte."

Nicht nur dieses Erlebnis, sondern auch weil er der Anspannung ausgesetzt war, seine Aufgaben innerhalb der Behörde erfüllen zu müssen, aber dazu nicht mehr imstande war, war dies für Franz ein Signal dafür, seine Tätigkeit zu quittieren. Weil er dem permanenten Druck nicht mehr gewachsen war, bedeutete dies für ihn, sich mit nicht einmal 39 Jahren pensionieren zu lassen.

174

28 Kann nicht mal Reifen wechseln

Nach dem Tod der Großeltern stand für Franz und Hanna Schöpfel ein weiterer Umbau ihres Hauses an. Sie wollten vom Obergeschoss mit Wohnzimmer, Esszimmer, Küche und Hauswirtschaftsraum ins Erdgeschoss ziehen. Gerade auch aufgrund seiner Körperbehinderung war dies zweckmäßig. Dazu wurde ein umfangreicher Umbau der bisherigen Räumlichkeiten im Erdgeschoss, die zum Teil noch aus den Gründerjahren des Hauses von 1895 stammten, erforderlich.

Von anderen hatte Franz dabei kaum Hilfe zu erwarten, lediglich ein paar wenige von der Verwandtschaft oder Freunde unterstützten ihn. Seine Geschwister etwa hatten selbst Eigenheime erstellt und waren schließlich froh mit ihren Arbeiten am eigenen Haus abgeschlossen zu haben. Auch für den im Erdgeschoss für die Heizung von Wohn- und Esszimmer und der Küche eingebauten Kachelofen waren Franz und Hanna gezwungen, das Holz, das sie dafür benötigten, selbst aufzuarbeiten. Dies stellte für beide immer eine besondere Herausforderung dar. Für Franz war es immer sehr mühevoll, Holz zu sägen, spalten und zu transportieren, und für Hanna war es neben ihrer Bürotätigkeit oftmals Schwerstarbeit. Sie waren auf sich allein gestellt.

Ärgerlich war es für Franz immer, wenn in seinem Umfeld andere prahlten, sie würden handwerkliche Dinge am Haus, im Garten und am Auto alles selbst vornehmen und durchführen. Verdrießlich war dies für ihn, vor allem, weil er für all die Arbeiten Handwerksbetriebe engagieren und teuer bezahlen musste. Er selbst konnte aufgrund seiner Behinderung nicht mal die Reifen am Auto wechseln.

Unerwartet und unverhofft stellte sich bei Hanna und Franz zwölf Jahre nach der Geburt ihres zweiten Kindes, ihrer Tochter, erneut eine Schwangerschaft ein.

Die Geburt ihres Nachzüglers dreizehn Jahre später stellte die beiden in Anbetracht der krankheitsbedingten Behinderung des Vaters vor besondere Herausforderungen. Gleichzeitig aber bedeutete der kleine Sohn auch eine Bereicherung.

29 Die Körpersprache bei Parkinson

Morbus Parkinson ist eine Krankheit, die unheilbar ist. Sie schreitet immer mehr fort. Sie ist gekennzeichnet vom zunehmenden Absterben der Dopamin produzierenden Nervenzellen im Mittelhirn. Der Mangel an dem Botenstoff Dopamin führt letztlich dazu, dass Muskelstarre, Muskelzittern, verlangsamte Bewegungen, bis zur Bewegungslosigkeit und Haltungsinstabilität eintreten können. Auch psychische Störungen liegen bei manchen Parkinson-Patienten im Bereich des Möglichen. Ein weiteres Problem kann Dranginkontinenz sein.

Manchmal wird irrtümlicherweise ein an Parkinson erkrankter Mensch für geistig minderbemittelt oder gar für leicht dement gehalten, weil sich die Krankheit in seiner Körpersprache ausdrückt.

Er wirkt depressiv, redet schleppend, leise und monoton. Sein gesamter Bewegungsablauf ist verlangsamt, seine Mimik ist wie versteinert. Sein Gesicht ist starr wie eine Maske, so als wären seine Gesichtsmuskeln mit ihm in Ruhestand gegangen. Sein Körper ist gebeugt. In schlechten Phasen ist er oft unfähig, Blickkontakt aufzunehmen; er schaut durch den anderen hindurch oder auf den Boden. Schuld daran ist Muskelstarre, die ihn oft mehr im Griff hat, als ihm recht ist.

Franz` Zittern an der rechten Hand wurde immer heftiger. In seiner Situation klammerte er sich an jeden, auch nur kleinen Strohhalm von Hoffnungsschimmer.

Franz las in einer Illustrierten von einem Professor in Hannover, welcher sich um die Zulassung eines Verfahrens zur Operation von Parkinsonerkrankten in Deutschland bemühte. Dabei sollten die Stammzellen abgetriebener Föten ins Gehirn von Parkinsonpatienten implantiert werden um dadurch die Krankheit in den Griff zu bekommen. Dabei sollte es sich aber lediglich um Versuche und Experimente handeln.

Franz war entschlossen dazu, sich für solche Versuche zur Verfügung zu stellen, denn sein Zittern bedeutete für ihn immer mehr Last und Peinlichkeit und war ihm unangenehm, weil er damit sehr auffiel.

Er schrieb den Mediziner an und wartete monatelang auf eine Reaktion aus Niedersachsen.

Fast ein Jahr später, meldete sich der Professor aus Hannover telefonisch bei Franz und bat ihn, zu einem Gespräch nach Hannover zu kommen.

Franz erzählte dem Professor seine Krankheits- und Unfallgeschichte. Danach erklärte der Neurologe: „Mit der Zulassung des Verfahrens, weswegen Sie mich angeschrieben haben, ist in Deutschland auf absehbare Zeit nicht zu rechnen. Die Ethikkommission lässt die Forschung mit embryonalen Stammzellen leider nicht zu". Dann fuhr der Arzt fort: „Aber zwischenzeitlich wenden wir die Tiefenhirnstimulation, eine andere Behandlungsweise bei Parkinsonpatienten, recht erfolgreich an."

Von dieser Operationsmethode hatte Franz natürlich auch schon gehört und gelesen. „Dabei werden", wie der Fachmann meinte," mehrere Elektroden ins Tiefengehirn des Patienten platziert, die über ein Kabel unter der Haut von einem sogenannten Hirnschrittmacher, der im Brustbereich unter dem Schlüsselbein eingesetzt wird, gespeist werden." Der Professor bot Franz an, noch einmal einige Monate später für 14 Tage zu eingehenden intensiven Untersuchungen stationär nach Hannover zu kommen, um zu testen, ob er sich für eine solche Operation eignen würde, worauf sich Franz einließ. Franz fuhr am selben Tag wieder zurück.

Ein halbes Jahr später begab sich Franz erneut nach Hannover. Es wurden alle möglichen Untersuchungen und Tests auf unterschiedlichste Arten vorgenommen und Videoaufnahmen, in denen man sein Gehen und sein Zittern dokumentierte, gemacht. Auch vor einer großen Zahl von Medizinstudenten durfte Franz seinen Krankheitsverlauf schildern und seine Erfahrungen mit der Krankheit darstellen.

Um zu testen, ob ein bestimmtes Medikament an ihm wirkte, wurde sämtliche andere Medizin, die Franz reichlich zu sich nahm, zwei Tage völlig abgesetzt. Dabei ging es Franz sehr schlecht. Am Ende stellte der Professor fest: „Es gibt kein Mittel, welches die Parkinsonsche Krankheit heilen kann, aber es kann die Symptome lindern helfen." Danach wurde Franz in eine Arzneimittelstudie eingebunden, wobei er ein neues Medikament einnehmen sollte.

Und der Tremor sprach auf diese Medizin sehr gut an. Wie durch ein Wunder verschwand der Tremor einige Wochen später fast vollständig.

Obwohl die Krankheit als unheilbar gilt, war Franz auch noch fünfzehn Jahre später im Wesentlichen befreit von seinem starken Zittern, obwohl nach 10 Jahren diese Medizin abgesetzt werden musste, weil festgestellt worden war, dass dieses Arzneimittel am Herzen Schäden verursachen könnte. Bei all dem Übel stellte die Tatsache, dass sich bei ihm der Tremor weitgehend verflüchtigt hatte, also durchaus als ein positives Zeichen dar.

30 Auch nur einen Hosenknopf spenden

Franz und Hanna besuchten sonntags regelmäßig den Gottesdienst, weil sie als gläubige Christen von der Kirche überzeugt waren.

Nicht die Einstellung zu Glaubensfragen, aber die Sichtweise zur Glaubensgemeinschaft änderte sich durch zwei einschneidende Erlebnisse, welche Hanna mit der Kirche machte:

Ihre beiden Kinder besuchten den Kindergarten und Hanna wollte wieder für einige Stunden eine Bürotätigkeit aufnehmen. Sie bewarb sich bei einer kirchlichen Einrichtung.

Schon das Einstellungsgespräch kam ihr absonderlich vor. Werner Keller, ein Mitarbeiter, empfing Hanna. Keller hatte mit ihrem Mann zusammen die Verwaltungsschule besucht und mit diesem während der Studienzeit das Zimmer geteilt und war deshalb mit ihm etwas befreundet.

Obwohl Hanna deshalb bis dato mit Keller per „du" war, sprach er sie mit „Sie" an. Er sagte: „Frau Schöpfel, bitte nehmen Sie noch für einen Moment Platz, der Herr Dekan kommt gleich." Dabei verschränkte er seine Arme hinter seinem Rücken und warf das Kinn in die Höhe. Sie war sprachlos und dachte darüber nach, wie wichtig sich Keller fühlte. So wartete sie in dem schmucklosen, großen und sterilen Raum, bis der Dekan erschien.

Nach kurzem Warten kam er mit bedächtigen langsamen Schritten auf sie zu. Sein schwacher, kraftloser Händedruck war kaum fühlbar. Dekan Oberberger wollte zunächst wissen, warum sie sich auf die ausgeschriebene Stelle bewerbe. Hanna erklärte: „Meine beiden Kinder besuchen den Kindergarten und um nicht ganz den beruflichen Kontakt zu meiner früheren Bürotätigkeit zu verlieren, dachte ich, wieder für ein paar Stunden täglich arbeiten zu können. Außerdem will ich mich, aufgrund meiner religiösen Einstellung gerne für kirchliche Belange einsetzen." Oberberger holte tief Luft: „Ich muss Ihnen aber gleich sagen, Sie werden für Ihre Tätigkeit hier bezahlt werden."

„Davon gehe ich aus", sagte Hanna.

„Das heißt", führte der Dekan weiter aus, „dass wir nicht „bitte" und auch nie „danke" sagen werden, sondern nur „tun Sie dies oder jenes und zwar plötzlich."

Werner Keller, der bei dem Gespräch dabei saß, nickte zustimmend.

Oberberger fuhr fort: „Auch in unseren Briefen werden wir nie mit „Sehr geehrte Damen und Herren" beginnen und nie „mit freundlichen Grüßen" aufhören. Auch in unseren Schreiben an die uns untergebenen Pfarrer in den Kirchengemeinden verwenden wir solche Floskeln nie."

Hanna glaubte im falschen Film zu sein und dachte, ausgerechnet die Kirche, von der man denkt, dass sie besonders höflich und zuvorkommend mit Mitmenschen umgeht, verhält sich gegenüber ihren Nächsten so respektlos und wenig ehrerbietig. Es wurde ihr klar, dass die Hierarchie des Kirchenfürsten damit ausgedrückt werden sollte.

Dekan Oberberger erläuterte weiter: „Anders sieht es bei ehrenamtlichen Mitarbeiterinnen und Beschäftigten aus. Da sagen wir „bitte" und auch „danke", denn die tun es ja, ohne dass sie dafür Geld erhalten."

Hanna wurde für die Stelle ausgewählt, war sich aber nicht sicher, ob es aufgrund der Aussagen des Dekans bei ihrem Bewerbungsgespräch für sie das Richtige sein würde, wenn sie die Stelle annehmen würde.

Trotzdem begann sie mit ihrer Arbeit bei der Kirche.

Gegen Ende des ersten Arbeitstages ihrer neuen Tätigkeit bat sie der Dekan in sein Dienstzimmer und wollte wissen, was sie in den zurückliegenden Stunden getan habe. „Zunächst leerte ich die Opferbüchsen vom Sonntagsgottesdienst und zählte das geopferte Geld."

Der Dekan unterbrach sie: „Was geben die Leute so alles?"

„Vom Hosenknopf über italienische Lire-Münzen, vom Pfennig bis zum Geldschein ist alles dabei", erklärte sie.

„Ich würde auch nicht mehr als einen Hosenknopf geben", antwortete darauf der Dekan.

„Was? Und das sagen Sie als Dekan?" Sie erhielt darauf keine Antwort. Er ließ es so im Raum stehen.

Im Laufe der nächsten Wochen stellte Hanna immer wieder fest, dass ihre Mitarbeiter und Mitarbeiterinnen zwei Gesichter zeigten. Wenn etwa ehrenamtliche Bedienstete wie Kirchendienerinnen von irgendwelchen kleinen Kirchengemeinden aus umliegenden Dörfern vorsprachen oder ihr Anliegen per Telefon vorbrachten, begegneten die Angestellten diesen äußerst freundlich und zuvorkommend und scheinbar hilfsbereit und verständnisvoll. Kaum war das Telefonat beendet oder die Person wieder gegangen, zogen die kirchlichen Verwaltungsmitarbeiter über diese Leute her.

So kam eine alte Mesnerin, die seit Jahrzehnten mit großer Hingabe ihre Kirchendienerinnentätigkeit versah, um eine Angelegenheit zu erledigen. Durch die Fortschritte, welche das moderne Zeitalter mit Computern und komplizierten Formularen mit sich brachte, war das alte Weibchen schlichtweg überfordert.

Herr Keller zeigte großes Verständnis der Frau gegenüber, als sie vor ihm stand. Kaum war sie gegangen, spottete er: „Die begreift auch gar nichts. Wie kann man nur so dumm sein, kann nicht mal ein einfaches Formular ausfüllen."

Hanna widerte ein solches scheinheiliges Benehmen geradezu an.

Herr Vogel, ein weiterer Mitarbeiter mit einer Brille mit dicken Augengläsern, er wies bestenfalls noch 70 % Sehkraft auf, nahm sich besonders wichtig. Er wurde täglich von seiner Gattin zur Arbeit gebracht und wieder abgeholt. Sie kam häufig tagsüber öfter mal eine Stunde oder länger ins Büro zu den Mitarbeiterinnen und Mitarbeitern der kirchlichen Einrichtung und zu ihrem Mann und saß herum, weil sie offenbar Langeweile hatte. Als Hanna eine Frage zu einem Computerprogramm an den Herrn richtete, sah er nicht von seiner Arbeit auf, winkte mit der linken Hand beschwichtigend ab, ohne einen Ton zu sagen, machte aber gestikulierend klar, dass sie ihn bei seiner wichtigen Arbeit jetzt nicht stören möge. Obwohl er über gänzlich belanglosem sinnierte, ließ er Hanna minutenlang warten. Damit wollte er wohl seine Wichtigkeit herausstreichen und ihr ihre Abhängigkeit von seinem Wohlwollen verdeutlichen.

In einer kirchlichen Einrichtung zu arbeiten, hatte sich Hanna anders vorgestellt und so quittierte sie schon nach wenigen Monaten ihre Beschäftigung bei der Kirche.

Drei Jahre später strebte Hanna wieder eine feste Halbtagsanstellung an. Erneut bewarb sie sich auf eine ausgeschriebene Stelle bei einer kirchlichen Einrichtung. Zwar war ihr noch das unglückselige Verhalten der damaligen kirchlichen Mitarbeiter in Erinnerung, aber sie dachte, so übel können doch nicht alle bei der Kirche sein. Sie bewarb sich.

Dann erhielt sie die erfreuliche Mitteilung, dass sie unter den drei Bewerberinnen sei, welche in die engere Wahl gekommen seien und nun zu einem Vorstellungsgespräch eingeladen würden.

Hanna machte sich schick, hatte sogar noch eine neue Handtasche gekauft und bereitete sich auf das Vorstellungsgespräch vor. Hierbei legte sie sich gedanklich auf eventuell zu erwartende Fragen aus dem Gremium entsprechende Antworten zurecht.

Schon als Hanna den Saal, in dem die Damen und Herren, welche über die Einstellung entscheiden sollten, saßen, kam es ihr merkwürdig vor, dass niemand der anwesenden Frauen und Männer sie ansah. So etwas hatte sie noch nie erlebt. Auch als sie aufgefordert wurde, über ihren bisherigen beruflichen Werdegang zu berichten, wurde anschließend mit einer Ausnahme nicht eine Frage aus dem Gremium an sie gerichtet. Die Mitglieder des Komitees sahen ohne Ausnahme gelangweilt vor sich hin, ohne sie eines Blickes zu würdigen. Hanna beschlich ein merkwürdig uninteressiertes Verhalten von für eine Einstellung zuständigen Menschen hatte sie noch nie erlebt. Dabei konnte sie sich nicht vorstellen, dass es an fehlender Qualifikation aufgrund ihrer eingereichten Bewerbungsunterlagen von ihr oder an ihrer Ausstrahlung gemangelt haben könnte.

Sie verließ das Konferenzzimmer mit einem denkbar unguten Gefühl. Ein Pfarrer aus dem kirchlichen Rat, Pfarrer Sonnleitner-Beck aus einer kleinen Kirchengemeinde aus der Umgebung, der als Einziger eine unbedeutende Frage gestellt hatte, ging ihr nach und offenbarte sein schlechtes Gewissen. „Frau Schöpfel" nahm er sie kurz in den Arm, „ich weiß, dass ihr Mann krank und schon berentet ist und Sie wahrscheinlich deshalb eine Arbeitsstelle suchen. Wie hart würde es Sie treffen, wenn Sie die Stelle nicht bekommen würden?" Sie sagte: „Dann werde ich eine andere Stelle antreten." Der Pfarrer schien beruhigt zu sein.

Sie rechnete nicht damit, dass sie eine Zusage erhalten würde.

Und sie täuschte sich nicht. Lange drei Wochen benötigte die Kirchenverwaltung um ihr eine bedauernde Absage zukommen zu lassen, obwohl schon bei der Vorstellung der in die „engere Wahl" gekommenen Bewerberinnen feststand, dass die Stelle an eine interne Mitarbeiterin vergeben würde.

Einige Monate später nämlich wurde sie von einer Frau beim Einkauf in der Stadt angesprochen. Sie stellte sich als Gerda Siebel vor. Sie entpuppte sich als diejenige, welche an ihrer Stelle den Posten bei der Kirche erhalten hatte. „Frau Schöpfel," sagte Gerda Siebel, „ich weiß, dass Sie sich damals auf meine jetzige Stelle beworben haben und dabei gescheitert sind. Als die Stelle ausgeschrieben wurde, stand schon fest, dass man mich einstellen würde, weil ich nur von einer anderen Tätigkeit bei der Kirche umbesetzt wurde. Es tut mir sehr leid, dass ich Ihnen damit die Stelle damals weggenommen habe."

185

Hanna hatte es nun gewissermaßen schwarz auf weiß, dass die Kirche die Stelle nur zum Schein ausschrieb und vortäuschte, Bewerber zu suchen.

Ihre Enttäuschung über das scheinheilige Verhalten der kirchlichen Verantwortlichen und der faule Zauber, den die Kirche auch diesmal veranstaltet hatte, veranlassten Franz und Hanna Schöpfel dazu, dass sie immer mehr Abstand zur Glaubensgemeinschaft gewannen, jedoch ohne ihren Glauben an Gott zu verlieren.

31 Das Denken den Pferden über-lassen

Franz musste immer wieder feststellen, dass er als Be-hinderter von manchen Mitmenschen einfach übersehen und wie ein Mensch zweiter Klasse behandelt und diffa-miert wurde. Wenn man mit einer schwachen Stimme nicht mehr so gut artikulieren kann, wenn das Organ etwas leise, brüchig und kraftlos ist, wird, obwohl man selbst dabei ist, oft statt mit einem selbst über einen hinweg in der dritten Person gesprochen.

Wegen seiner leisen Stimme hatte Franz den Eindruck, dass er manchmal nicht ganz für voll genommen wurde.

Von manchen Menschen, die ihn früher stets gegrüßt hatten, wurde Franz oft übersehen und nur noch selten ihm ein Gruß zugerufen oder mit ihm Smalltalk gehal-ten. Eine Konversation über die Straße hinweg zu füh-ren, war Franz so gut wie unmöglich, weil man ihn auf-grund seiner schwachen Stimme nicht richtig verstehen konnte.

Dies waren oft Kleinigkeiten, die ihm aber verdeutlich-ten, dass er sich zur Wehr setzen musste:

Die erste Gelegenheit kam an einem Montagmorgen. Es schneite bei einigen Graden unter dem Gefrierpunkt hef-tig. Franz fuhr mit seinem VW Passat an eine Esso-Tankstelle in einer schwäbischen Kleinstadt. Er stieg aus dem Wagen und ging um sein Fahrzeug herum.

Für ihn bedeutete das Gehen auf schneebedecktem Bo-den immer eine Gefahr, weil er mit seinem Gehstock leicht wegrutschen konnte.

So begab er sich vorsichtig zur Zapfsäule. Auf der ande-ren Seite der Tanksäulen brauste ein Daimlerfahrer heran, er hielt an der Zapfsäule und sprang aus dem Wagen. Franz wollte gerade nach dem Tankschlauch greifen, da kam ihm der Mercedesfahrer um einen Bruchteil einer Sekunde zuvor, und dies, obwohl der Zapfschlauch auf der Seite, auf der Franz mit seinem Wagen stand, angebracht war. Der schätzungsweise 40 Jahre alte Mann mit einer tief ins Gesicht gezogenen Sturmkappe lachte den Schwerbehinderten an mit den Worten: „Da musste eben schneller sein."

Franz sperrte Mund und Augen auf. Wie konnte man nur so unverschämt sein? Der andere hatte doch genau gesehen, dass er an dieser Tanksäule gehalten und von dieser tanken wollte und er hatte auch wahrgenommen, dass er eigentlich vor ihm dran war.

Franz wartete notgedrungen, bis der Unverschämte weggefahren war und tankte seinen Tank voll. In fröstelte nicht nur wegen der Kälte, sondern auch wegen der Unverfrorenheit des anderen Verkehrsteilnehmers.

Einige Minuten später betrat Franz das vollbesetzte Wartezimmer seines Orthopädiefacharztes. Zwei oder drei Stühle waren noch leer. Er sagte „Guten Morgen". Einige wenige erwiderten den Morgengruß. Franz setzte sich auf einen freien Stuhl neben einem jungen Mann mit langen, dichten Haaren, der den Guten-Morgen-Gruß erwidert hatte.

Es ging eine Weile, dann betrat zufällig der Fahrer des Mercedes-Benz von der Tankstelle mit seiner Sturmmütze, ein blonder Mann mit einer tiefen Narbe im Gesicht, das Wartezimmer. Grußlos setzte er sich auf einen der freien Plätze.

Franz stieß den neben ihm sitzenden jungen Mann, der ein freundliches Gesicht hatte, leicht an und sagte laut: „Also mir haben meine Eltern schon in früher Kindheit beigebracht, dass ich beim Betreten eines Zimmers , in dem Leute sitzen, als Eintretender grüße. Aber diese Kinderstube haben manche Zeitgenossen offensichtlich nicht genießen dürfen."

Der neben ihm Sitzende nickte und grinste. Der Blonde lief im Gesicht rot an und wusste aus Verlegenheit nicht mehr, wo er hinschauen sollte.

Eine grauhaarige ältere Dame, die unter dem Fenster im Warteraum saß, ergänzte "Ja, und die Mütze zieht man auch aus, wenn man ein Zimmer, in dem Leute sitzen, betritt."

Beschämt sah der blonde Vierzigjährige vor sich hin auf den Boden, rückte verlegen seine Mütze zurecht, nahm sie aber nicht ab.

Er schien sichtlich froh zu sein, dass er als einer der Ersten ins Sprechzimmer gebeten wurde. Beim Verlassen des Wartezimmers sagte er laut hörbar "Auf Wiedersehen". Die im Wartezimmer Sitzenden lachten.

Eine andere Situation, sich gegen Diskriminierung zur Wehr zu setzen, eröffnete sich Franz, als er an seinem rechten Ellenbogen operiert werden musste. Hierzu stellte er sich in einer Klinik vor.

Im Vorgespräch mit dem Professor, der die Operation durchführen sollte, wollte Franz wissen, was es damit auf sich habe, nachdem der Leitende Arzt mit Fachausdrücken um sich warf. Der rundliche, etwas untersetzte Mann mit Halbglatze sah Franz mit zusammengekniffenen Augen fragend an. "Ich denke, ich sollte schon wissen, was sie da mit meinem Ellenbogen vorhaben", wollte Franz vom Professor nähere Erläuterungen zum bevorstehenden chirurgischen Eingriff.

Der Professor stöhnte und entgegnete: „Das Denken sollten Sie mal lieber den Pferden überlassen, die haben einen größeren Kopf." Franz war fassungslos. Für was hielt der Professor ihn eigentlich?

„Wieso", erwiderte er dem Doktor genau so zynisch, wie der Arzt ihn für unbedarft hinstellen wollte, „ich wusste gar nicht, dass Sie Tierarzt sind. Sie meinen also, dass Sie einem Pferd eher erklären könnten als mir, was bei der Operation geschehen soll."

Jetzt war es der Professor, der sprachlos war.

Offenbar hatte er aber erkannt, was für einen Schwachsinn er daher geredet hatte. Er bemühte sich um Wiedergutmachung, indem er ausführlich jeden einzelnen Schritt, der beim Eingriff durchgeführt werden sollte, genauestens erklärte.

Nachdem Franz für die Operation vorbereitet worden war, lag er in einem fahrbaren Bett und stand auf einem Gang im Krankenhaus und wartete. Irgendwann kam ein junger Mann, ein angehender Arzt, und schnappte sich das fahrbare Bett ohne ein Wort zu sagen und ging mit Franz im Bett unzählige Gänge entlang. Auch fuhr er mit dem Aufzug zwei Stockwerke höher. Am Ende eines Klinikganges stellte er das Gefährt mit Franz ab und entfernte sich wieder. Er verlor dabei kein einziges Wort an Franz.

Franz hatte das Gefühl, als ob ihn der junge Mann behandelte, als wäre er eine Leiche.

Später wurde Franz in den Operationssaal geschoben. Für die Operation wurde zwischen dem Kopf von Franz und seinem Ellenbogen ein Leintuch gespannt. Links von Franz hielt sich während der Operation der angehende Arzt auf, der ihn zuvor wortlos befördert hatte, und an der Operation zu Lernzwecken zusehen durfte. Franz wendete sich ihm mit gedämpfter Stimme zu, er möge näher zu ihm herantreten. Der junge Mann kam heran und beugte sich zu Franz nieder.

„Ihnen möchte ich noch etwas mit auf den Weg geben", flüsterte Franz leise.

Der Jüngere im weißen Arztkittel horchte auf.

„Vorher, als Sie mich grußlos und ohne ein einziges Wort zu verlieren abgeholt haben und ebenso ohne jegliche Ansprache wieder irgendwo abstellten, kam ich mir vor, als wäre ich eine Leiche. Können Sie sich vorstellen, wie ich mich gefühlt habe?"

Der angehende Mediziner schluckte schwer, sagte aber noch nichts.

„Wissen Sie", fuhr Franz fort, „durch ein solches Verhalten wird das Image der „Halbgötter in Weiß" geschaffen."

Franz war sich ziemlich sicher, dass auch der Professor, der die Operation durchführte und der ihm vorher empfohlen hatte, das Denken den Pferden zu überlassen, seine leisen Worte gehört haben musste, denn dieser räusperte sich hörbar. Der junge Mann dachte nach und kam etwas ins Stottern, indem er erwiderte: „Ich danke Ihnen vielmals, dass Sie mir das gesagt haben." Nach einer kleinen Pause fügte er im Flüsterton hinzu: „Ich bin noch lernfähig."

Für Franz bestanden keine Zweifel daran, dass der junge Mann aus diesem Fall für sein Leben gelernt haben würde und auch der Professor dazugelernt haben dürfte.

Ein weiterer Moment für Franz, zu zeigen, dass er für voll genommen werden sollte, ergab sich, als er Probleme mit seinem linken Knie bekam. Sein Orthopäde überwies ihn zu einem Spezialisten in eine Klinik. Bei dem Professor handele es sich um eine Kapazität auf dem Gebiet von Knieschmerzen, wie sich der Facharzt ausdrückte.

In der Klinik rechtzeitig angekommen, spürte Franz gleich die Hochachtung, die man dem Professor in der Klinik entgegenbrachte. Er schien das Nonplusultra, eine höchstgeachtete Persönlichkeit in dem Hause zu sein. Zunächst bat Franz ein Assistenzarzt zur Voruntersuchung. Ich ging eigentlich davon aus, dass ich vom Herrn Professor untersucht werde", warf Franz ein. "Ich mache nur die Voruntersuchung", erwiderte der Assistenzarzt. "Der Herr Professor kommt nachher." Franz wurde danach gefragt, was seine Beschwerden und Probleme seien und der Doktor machte eifrig Notizen. Nach gut halbstündiger Befragung streckte ein älterer Arzt den Kopf zur Tür herein. Unter der Tür gab er sich als der besagte Professor zu erkennen. Ehe Franz die Chance hatte, ihn anzusprechen und sein Anliegen vorzubringen, verabschiedete sich der Herr Professor und war verschwunden.

Der Professor hatte sich offensichtlich davon überzeugt, dass nur ein unbedeutender, einfacher Mann von einem Patienten auf ihn wartete. Er erachtete es offenbar nicht für notwendig, diesen näher nach seinen Beschwerden zu befragen, geschweige denn ihn zu untersuchen.

Franz konnte also praktisch unverrichteter Dinge wieder abziehen. Gespannt war Franz auf den ärztlichen Bericht von der Klinik, den ihm dann sein Orthopäde präsentierte. Da schrieb dann doch tatsächlich der Herr Professor persönlich: „Ich habe Herrn Schöpfel sehr eingehend und intensiv untersucht....". Dann folgten zwei DIN A 4-Seiten lange Ausführungen, vom Herrn Professor persönlich unterschrieben.

Für Franz stand fest, dass er dies nicht so im Raum stehen lassen würde.

Er schrieb dem Professor folgenden Brief:

„Sehr geehrter Herr Professor,

Sie wurden mir als große Kapazität, was Kniebeschwerden anbelangt, empfohlen. Ich hatte große Hoffnungen und Erwartungen in Sie und Ihren persönlichen ärztlichen Rat und Ihre medizinische Beurteilung meines Leidens und meiner Schmerzen gesetzt.

Obwohl ich ausdrücklich um eine Untersuchung durch Sie gebeten hatte, was mir zugesagt worden war, und dafür eine lange Anfahrt in Kauf nahm, hat lediglich ihr Assistenzarzt, Dr. Wagner, eine Bestandsaufnahme meines Leidens vorgenommen.

Sie haben sich, nachdem Sie mich unbedarften, simplen Menschen sitzen sahen, schnurstracks verzogen.

Höchst unverfroren empfinde ich es allerdings, dass Sie dann im Bericht an meinen Orthopäden schreiben, Sie persönlich hätten mich eingehend und intensiv untersucht.

Ich glaube nicht, dass solch ein Verhalten eines Akademikers würdig ist.

Ich erwarte von Ihnen wenigstens eine Entschuldigung für ihr Gebaren oder eine Stellungnahme zu ihrem Verhalten. Eine Mehrfertigung dieses Schreibens erhält die Krankenkasse. Mit freundlichen Grüßen."

Franz ließ Wolfgang Schöllhammer, denjenigen, der ihm den körperlichen Schaden zugefügt hatte, dies nie spüren und machte ihm zu keiner Zeit Vorwürfe. Schließlich hatte der frühere Mitschüler den Schlag gegen seinen

Kopf damals nicht mutwillig, sondern im Eifer des Gefechts ausgeführt.

Aber er ärgerte sich immer darüber, wenn der Vater von Wolfgang ihn immer großspurig von oben herab behandelte, wenn er ihm begegnete.

Jakob Schöllhammer, von der Gemeinde Scheulenfeld beauftragt, die Wasseruhren abzulesen, kam wieder einmal ins Haus.

Mit einem beschwingten „Guten Morgen" betrat der Rentner das Haus von Schöpfel. „Ich weiß den Weg schon", lachte er aufgeblasen und ging die Kellertreppe hinunter. Franz wartete im Erdgeschoss, bis der Mann mit seinem Wohlstandsbauch vom Keller zur Treppe heraufkam.

„Jakob", sagte Franz. Auf halber Treppe blieb Schöllhammer stehen. Er atmete plötzlich etwas schwerer. „Jakob", widerholte Franz. „Wenn ich mir vorstelle, dass eines meiner Kinder in der Schule einen Mitschüler zum Krüppel geschlagen hätte..." Franz unterbrach kurz und schaute Jakob Schöllhammer durchdringend in die Augen. Dieser blieb wie angewurzelt stehen, sperrte Mund und Augen auf und atmete hörbar laut. „dann hätte ich alle Hebel in Bewegung gesetzt, um diesem Mitschüler eine angemessene Entschädigung zukommen zu lassen", fuhr Franz fort. Der Rentner, durch die unerwartete so offene Ansprache verunsichert, sagte immer noch nichts.

„Und du, du hast genau das Gegenteil getan", sprach Franz weiter. „Du hast mit allen Mitteln verhindert, dass ich für das, was mir widerfahren ist, dafür, dass mein Leben in ganz andere Gleise gelenkt wurde, dass ich viele meiner Vorhaben, Hoffnungen und Träume begraben musste, entschädigt worden bin."

Unerwartet mit einer solchen Situation konfrontiert zu werden, mochte der Betagte ratlos zu sein. Er nahm seine Brille mit schwarzen Rändern ab und strich einen Wisch Haare aus der Stirn. Schweißtropfen bildeten sich an seiner Schläfe. Langsam, nun hörbar laut atmend, quälte er sich die restlichen Stufen der Kellertreppe herauf, ohne den Blick von Franz zu wenden. Auch Franz ließ nicht nach, Jakob Schöllhammer stechend anzusehen.

„Weißt du eigentlich", führ Franz mit seiner Standpauke fort, „dass mir dein Sohn schon vor vielen Jahren gebeichtet hat, dass er damals vor Gericht gelogen habe, indem er abstritt, mit der Faust zugeschlagen zu haben."

„Tatsächlich?", darauf der Klempner.

„Ja, tatsächlich, und du weißt genauso gut wie er und ich, dass ich damals betrogen worden bin. Weil du dich von deiner Haftpflichtversicherung um den Finger wickeln ließest. Was hast du darauf zu sagen", führ Franz fort.

„Das habe ich nicht gewusst".

„Was hast du nicht gewusst?"

„Dass dir Wolfgang gebeichtet hat."

„Und was meinst du dazu?"

Schöllhammer brachte kein Wort über die Lippen, konnte Franz nicht mehr in die Augen blicken und blieb eine Antwort schuldig.

„Jetzt weißt du wenigstens, wie ich über dich denke", führ Franz mit seiner Ansprache fort.

Schöllhammer senkte seinen Blick auf den Boden.

Damit hatte er offensichtlich nie gerechnet, dass ihn Franz Schöpfel für sein Fehlverhalten von damals würde jemals in den Senkel stellen.

„Ist dir übrigens bekannt, dass Wolfgang heute in psychotherapeutischer Behandlung ist und dafür schon viel Geld ausgegeben hat, weil er nicht darüber hinwegkommt, dass er mir ein schweres Unrecht angetan und mir eine Entschädigung vorenthalten hat. Dies sagte er mir zumindest."

„Nein, das weiß ich auch nicht", sagte der Zurechtgestutzte kleinlaut.

Mit gesenktem Haupt machte er sich mit nachdenklichem Gesichtsausdruck aus dem Staube und entfernte sich mit langsamen Schritten.

Nachwort

Was will ich mit diesem Buch?

Meine Absicht war, keinen Roman zu schreiben, sondern eine wahre Geschichte, die auf verschiedene Weise provoziert.

Die Geschichte von Franz ist natürlich meine eigene Geschichte.

Ich wollte beweisen, dass auch Menschen die nicht den höchsten Bildungsstand erreichten, in der Lage sind, Bücher in verständlichem lebendigem Deutsch zu verfassen. Zum anderen möchte ich erkennen lassen, dass Bücher bekannter Autoren und Biografien prominenter Menschen, oft den vielfach höheren Preis dieser Bücher nicht rechtfertigen.

Im Nachhinein kann ich feststellen, dass ich durch den Unfall im Kindesalter zwar mein Leben vollkommen neu aufbauen und ordnen und deshalb ein anderes Dasein beginnen musste, aber durch den Verlust der körperlichen Unversehrtheit auch sehr viel gewonnen habe, beispielsweise eine enorm große und tiefe Menschenkenntnis.

Ich merkte, was es heißt, Probleme zu kriegen und diese zu lösen. Ich lernte, dankbar zu sein.

Zu Eigen gemacht habe ich mir, dass Freude, Zufriedenheit, Erfolg und glücklich zu sein nicht von Äußerlichkeiten wie einer körperlichen Behinderung oder einem unversehrten und intakten Körper abhängen.

Auch Selbstmitleid spielte eine große Rolle. Man hadert mit dem Schicksal, und ist verbittert, weil es einen selbst getroffen hat. Man fühlt sich von dem Schicksalsschlag überrollt.

Ich kann zwar nicht behaupten, dass ich durch den Unfall und die Folgen weniger glücklich war als vor dem Ereignis, aber was zunächst wie eine Katastrophe aussah, bot in Wirklichkeit die Chance, herauszufinden, was wirklich wichtig ist im Leben.

In vielen Situationen musste ich kämpfen und beweisen, dass man einem Menschen alles nehmen kann, nur eines nicht, die Fähigkeit, in jeder Gegebenheit seinen Blickwinkel und damit seine Lebensqualität zu wählen. Ich merkte, dass man in jeder Lebenslage die Wahl hat zwischen Aufgeben und Weitermachen, zwischen Verzweiflung und sich herausgefordert fühlen, zwischen Selbstmitleid, unglücklich sein und glücklich sein und zwischen Verbitterung und Liebe.

Negative emotionale Reaktionen waren anfangs nicht zu vermeiden. Schließlich wurde ich unerwartet aus der Bahn geworfen und musste mich erst einmal darauf einstellen und mich neu orientieren.

Das ungerechte Gerichtsurteil im Bemühen um eine Entschädigung und die Spätfolgen der Schädelhirnverletzung, die Parkinsonsche Krankheit, haben mich zwar geschwächt, ließen mich aber weder meinen Tatendrang noch meine Schaffenskraft verlieren.

Die Krisenzeiten haben mich oft vor große Herausforderungen gestellt.

Doch kritische Situationen bieten auch Chancen, uns aus der Gleichgültigkeit zu reißen, unsere Kraftreserven zu wecken und helfen zu erkennen, dass unsere Möglichkeiten noch lange nicht erreicht sind.

Man sollte in solchen Krisenzeiten nicht den Lebensmut oder gar Lebenswillen verlieren. Wenn man resigniert, fühlt man sich überwältigt, orientierungslos, ohnmächtig und hilflos.

Wenn wir die Tatsache akzeptieren, jetzt behindert oder chronisch krank zu sein, arrangieren wir uns und stellen uns auf die neue Situation ein.

Viele Menschen nehmen die Beeinträchtigung zum Anlass, zu ergründen, was die Schädigung für einen Zweck haben könnte und verspüren so Kraft und Energie und gewinnen damit Lebensqualität.

Wer sich selbst aufgibt und in Hoffnungslosigkeit versinkt, der beraubt sich seiner Lebensgrundlage.

Ich lernte viele Menschen kennen, die vom Schicksal noch härter getroffen wurden als ich. Einige davon haben bewiesen, dass in uns mehr Kräfte und Energien stecken, als wir es für möglich halten.

Eine eigene positive Grundeinstellung und das Wissen, im Leben schon viele Herausforderungen gemeistert zu haben, gibt mir Kraft und Selbstvertrauen für die Bewältigung zukünftiger Krisen.

Schreiben Sie eine Rezension, machen Sie mich in Ihrer Beurteilung fertig, wenn Ihnen danach ist, oder beurteilen Sie das Geschriebene zumindest fair.

Hans G. Mayer

Von Hans G. Mayer ist außerdem im HGM-Verlag und bei Tredition erschienen:

„Mehr als landschaftliche Reize"

Das Buch für Schwaben und „Reigschmeckte"

Mit witzigen, humorvollen Anekdoten und Geschichten, Mundartgedichten und Besonderheiten der Schwäbischen Mundart. Enthalten ist auch ein ca. 2200 Wörter umfassendes Schwäbisches Wörterbuch, welches sich durchs ganze Buch zieht.

So äußerten sich Leser:

„Mit Ihrem Buch habe ich große Freude. Immer wieder muss ich mal ein Wort nachschlagen." (Anna Frank, Stuttgart)

„Ich bedanke mich für Ihr wunderbares Buch. Immer wieder beschert es mir eine Lachgelegenheit. Ihr Schwabenlexikon ist einfach super gut. Immer wenn ich darin stöbere bin ich ganz beglückt." (Hildegard Dümmel, Hülben)

„Es macht Spaß, in „Mehr als..." zu schmökern und Neues zu entdecken oder Verschüttetes auszugraben und bei den Redewendungen zu schmunzeln. Die Gedichte sind unterhaltsam und gut gelungen." (Dr. Sonja Hermann, Stuttgart)

„Dank für Ihr hochinteressantes Buch, das ich mit Schmunzeln gelesen habe." (Helmut Bader, Ulm-Jungingen)

... enthält allerlei kurzweilige Schwabengeschichten, Gedichte und Anekdoten. Lustig, hintergründig und absolut lesenswert. So wie Schwaben eben sind. Dazwischen immer wieder zuhauf schwäbische Vokabeln. Diese Sammlung ist echt der Hammer! Original Slang von „unserer Alb". Da macht allein das Schmökern im Wörterbuch schon Laune. Das Buch ist absolut zu empfehlen."(Otmar Rösch, Autor des Buches „Heckenscheisser", Laichingen-Feldstetten)

Zeitfracht Medien GmbH
Ferdinand-Jühlke-Straße 7
99095 Erfurt, Deutschland
produktsicherheit@kolibri360.de